Crónica De Un
CANÍBAL

Crónica De Un CANÍBAL

ARMANDO FERNÁNDEZ VARGAS

Fecha de revisión: 10/07/2013

Para realizar pedidos de este libro, contacte con:
Palibrio LLC
1663 Liberty Drive
Suite 200
Bloomington, IN 47403
Gratis desde EE. UU. al 877.407.5847
Gratis desde México al 01.800.288.2243
Gratis desde España al 900.866.949
Desde otro país al +1.812.671.9757
Fax: 01.812.355.1576
ventas@palibrio.com
480562

ÍNDICE

A José Caba, Jorge Arboleda,
Dino Pacio, y a Nancy Luong.

El apoyo más sincero, el más desinteresado
se ofrece cuando ya toda esperanza
parece muerta.

Arriba, a la izquierda, a través de una ventanita, se veía una escena pequeña y remota.

El Túnel,
Ernesto Sábato

Si mis dientes les parecen largos,
no es una casualidad; mis
antepasados eran caníbales.

A.F.V

Primera Parte

Si el principio de esta historia hubiese ocurrido en las islas Guineas, en la isla Papua, en la isla de Manhattan, o en cualquier otro lugar habitado por caníbales, entonces este relato no tendría mayor objetivo que el de una de las tantas narraciones que describen el peculiar comportamiento de un caníbal. Eso, aunque sería interesante, no sería una novedad. Pero éste no es el caso. El caníbal del que les voy a hablar es un tipo casi normal, como usted, o como yo. No nació en unos de esos lugares exóticos donde la carne humana es considerada una delicia, y en donde los habitantes decoran sus viviendas con los huesos de las víctimas devoradas. El personaje de esta historia nació a principios de la década del setenta, en el continente de la esperanza, en Latinoamérica, para ser más específico, nació en el barrio del Chorrillo, en ciudad de Panamá, Panamá; su nombre: Sebastián Mogollón.

No permitan que el apellido Mogollón, los confundan. A pesar de ese nombre tan burdo, que sugiere un golpe, o un majón, de ninguna manera éste sería un adjetivo calificativo en la vida de nuestro personaje. Aun desde el principio de esta historia Sebastián Mogollón era ya un joven elegante, culto, inteligente y con muy buena suerte. Conocía bastante sobre filosofía, y sus conocimientos generales eran numerosos, para no decir garrafales. ¿Qué como había obtenido esas informaciones? Eso se debió en gran parte a un disidente cubano, que vivió en el Chorrillo, y que lo inició en las lecturas de libros como: La República de Platón, Las Reglas del Método de René Descartes, y Crítica de la Razón Práctica de Immanuel Kant. ¿Que como pudo leer esos volúmenes sin aburrirse? ¿Qué cómo se aguantó como un gallo guapo, y no le mentó la madre a su amigo cubano por haberlo sometido a semejante suplicio? Pudo ser porque también leyó otras obras que lo hicieron morirse de risa y soñar, como las fantasías de: El Quijote, La Divida Comedia, La Ilíada *y La Odisea*. A medida que había ido desarrollando una afición por la literatura, fue también adquiriendo el gusto por la música clásica. Le gustaba escuchar a Joan Sebastián Bach, a Ludwig Van Beethoven, a Federico Chopin, a Igor Fyodorovich Stravinski; le gustaba los clásicos de guitarra de Andrés Segovia, los de Paco De Lucía, los de John Williams y una que otras bachatas. Imagínense el escándalo que hubiesen armado sus amigos del barrio, si se hubiesen enterado. Que les parece, un panameño negro, pobre, de padres semi-analfabetos, y como si fuera poco, criado en el Chorrillo, a quien le gustaba filosofar, la lectura y la música clásica. Mientras tantos preguntones y chismosos confórmense con saber que Sebastián era un tipo raro, y que ésta no es una historia común.

Y para contarla, volveremos al pasado por la ruta del recuerdo, un par de décadas atrás. Recordaremos que por ese entonces, Manuel Antonio Noriega, era el hombre fuerte de Panamá. El país flotaba en una nube de efervescencia creada por la proximidad de la devolución del canal de Panamá a manos panameñas. El rumor de posibles artimañas norteamericanas para quedarse con el canal, había creado en el país una atmósfera parecida a la que causa la espera de un espectáculo de fieras sanguinarias con conductas impredecibles. El hombre fuerte, por su parte, como un muchacho malo, que disfruta alborotando las avispas, buscaba cualquier excusa para blandear un enorme machete en el podio en que hablaba. Quería dejarle saber a los Estados Unidos, y al mundo, que hablaba en serio, y que al que se metiera con él, su ejército lo esperaría machete en mano y lo haría picadillos. "Lavaría con sangre el honor del pueblo de Panamá." Bueno, como ya sabemos, el Cara de Piña, resultó ser mucha espuma, y poco chocolate, y a la hora de la verdad, el hombre fuerte, no fue ni tan fuerte como él decía. Pero basta, esta no es una historia sobre cobardes, estamos hablando de caníbales.

Quizás no lo sepan, pero es más fácil encontrarle muelas a una garza, que encontrar un Panameño sin un apodo. Como ejemplo, ahí les van algunos: Noriega (el cara de piña), Roberto Durán (Mano de piedra), Ernesto Perez Balladares (el toro), Balbina Herrera (la chola), Carlos Manuel Cabrera (el general) y así hasta llegar a ocho millones de sobrenombres más. Si se le otorgara un premio al país más pone nombres del mundo, Panamá sería sin duda, el ganador indiscutible.

Por los días en que se originó esta historia, en la familia Mogollón ya todos tenían muy bien puestos sus apodos. A Rogelio, el padre de Sebastián, quien cojeaba al andar, lo llamaban "el cojo", a Tomasina, la mamá de Sebastian, la llamaban "la negra Tomasa", a Paula, su hermana, quien usaba largas trenzas, la llamaban "la chiva", a Sebastián famoso por la manguera que le colgaba entre las piernas, lo llamaban "la mandarria". Con el tiempo, terminaron llamándolo Mandi, un diminutivo de ese nombre tan comprometedor. Si no fuera por el gran pudor que me asalta cada vez que lo recuerdo, les confesaría mí sobre nombre, pero ahora no tengo ni el valor, ni el deseo de hablar de mí. (Continuemos)

Rogelio Mogollón, era un viejo atleta en ruinas, o un atleta viejo en ruinas (da lo mismo) y vivía la fantasía con que sueñan tantos infelices del mundo: hacerse rico jugando a la lotería. Creía fielmente que los niños inocentes tenían cualidades clarividentes; habilidades especiales que se pierden con el pasar de los años. Por eso, asediaba a Sebastián para que le contara lo que había soñado. En otras ocasiones Rogelio le contaba lo que había soñado a Sebastián, y le preguntaba ¿Qué crees que significa eso? y éste no sabía ni que decirle. Rogelio creía además en el mensaje de los sueños, en el espiritismo y en los horóscopos personales. Buscaba constantemente señales ocultas en la rutina diaria, y orientaciones místicas que lo ayudaran a adivinar el premio mayor. Como si semejantes fantasías no hubieran sido suficientes, creía además en los pronósticos del tarot, y en las lecturas de sedimentos de café, que quedan en el fondo de una taza. Para él, cualquier cosa escondía un significado especial. El sueño más irrelevante, le anunciaba alguna novedad. Por ejemplo, en el Chorrillo viví un tipo de lo más odioso. Ese hombre andaba siempre con un humor de perro rabioso. Es más, ese títere era tan ácido, que si se chupaba un limón, el que arrugaba la cara era el limón. En una ocasión Rogelio jugó gran parte de su sueldo semanal al número cuatro, porque se soñó con él. Luego de ese sueño había deducido lo siguiente: un perro tiene cuatro patas, y eso, sin ninguna duda le anunciaba que el cuatro sería el número premiado de la lotería de ese domingo próximo. En otra ocasión dejó de pagar la mensualidad de la luz, y lo jugó todo a la lotería porque vio un pelo retorcido en el suelo en forma de ocho. Como de casualidad, un día cualquiera, Sebastián, quien no tenía ni la más mínima sospecha de la obsesión de su padre por ganarse la lotería, le contó que se había soñado con el vecino odioso sujetando el poste de la luz, porque éste amenazaba con caerse. Rogelio dedujo, al instante, que el poste de la luz simbolizaba al número uno y que el hombre odioso era lo mismo que un perro. Concluyó entonces, que el número ganador sería el catorce o el cuarenta y uno. Como siempre, no acertó a ganar ni un premio de consolación. Pero ¿lo hizo esa experiencia levantar cabeza, y aprendió a no perder dinero en pendejadas? No. Contra toda lógica continuó como un desequilibrado mental jugando a los números lo poco que tenía.

Dicen por ahí, que el que persevera triunfa (o, por supuesto). Rogelio seguramente se hubiera muerto de viejo insistiendo en adivinar el premio ganador, y de su obsesión sólo hubiera quedado la historia. El día en que la suerte de los pobres cambie, será el mismo día que Colón baje el dedo, o sea, nunca. Pero ¿quién dice que en éste reino de malandros no aparecen uno que otros buenos samaritanos? Sebastián siempre recordaría, el medio día que le entregaron a su padre el sobre certificado, y sin remitente que cambiaría el destino de su familia. Dentro solo había un simple pedazo de papel con cinco dígitos y una expresión escrita a mano que decía "tú eres un verdadero campeón." Cualquier otro panameño hubiera hecho el sobre migajas y lo hubiera echado a la basura, pero Rogelio reconoció en ese mensaje la vieja expresión de su antiguo amigo Cecilio Ramírez, y casi sale a la calle desnudo, bailando de alegría. Esa misma semana se daría a conocer al licenciado Cecilio Augusto Ramirez como el nuevo gerente general de la Lotería de Panamá. Días después, en los periódicos capitalinos aparecería una fotografía de Rogelio rebosante de contento, cuando el gerente general de la lotería le hizo entrega de un cheque por el valor de un millón de balboas.

A partir de entonces, de vez en cuando, aparecía por las calles del Chorrillo un flamante auto negro con chapa oficial, y muchos llegaron a creer que se trataba del propio Noriega que andaba por el chorrillo fascinado con tanta miseria. Pero no, ese no era el caso. El auto pasaba veloz por enfrente del cuartel general del Cara de Piña, y ni siquiera se detenía en la Cárcel Modelo. Daba vueltas y vueltas, subía y bajaba cuestas, hasta que finalmente se detenía frente al veintisiete de la calle K, la casa de los Mogollón. Del auto, descendían don Cecilio Ramirez, su esposa doña Rosaura Ramirez y su hijo menor César, un adolecente avispado, cuya pinta de pícaro no podía disimular por más que lo intentara. Era un tigre urbano que disimulaba las rayas con las aparentelas que le otorgaba la riqueza de su familia. Rogelio saludaba a Cecilio con un afectuoso abrazo de amigos viejos, llamaba a doña Rosaura la comadre y al joven César le decía el cachorro. Al instante, Tomasina les servía un jugo de tamarindos, y degollaba una gallina en honor a la visita. Y como en una canción de Serrat, en que pobres y ricos bailan y se dan las manos, los Mogollón y los Ramírez comenzaban una fiesta que duraba hasta bien entrada la noche.

César aprovechaba las conversaciones privadas de los más adultos para perderse observando los alrededores con una curiosidad de felino en terreno desconocido. Era respetuoso con los adultos, generoso con los niños, y galante con las mujeres; sobre todo cuando estas eran jóvenes y hermosas. Las saludaba con una sonrisa gentil, y las miraba de tal forma, que les hacía sentir una súbita urgencia de acomodarse los escotes de sus blusas. A diferencia de otros muchachos ricos, César se sentía muy a gusto entre los pobres. Al igual que los padres de estos, Cesar y Sebastián fueron dos amigos inseparables. "Las mujeres son las cosas más buenas que Dios ha inventado" le decía César a Sebastián. "Ellas son lo único que queda de los tiempos cuando el Paraíso estuvo en la tierra".

Como Cesar veía al vuelo que Sebastián era un tanto pendejón, lo aconsejaba. Lo instruía con consejos orientados a incrementar las buenas relaciones con las féminas. Le decía: "para que puedas ligar con ellas, sin muchos tropiezos, cuando les hables, siempre míralas a los ojos, y hazle creer que solo quiere ser un amigo. Lo primero es que bajen la guardia, le recordaba Cesar, lo demás, llega como por añadiduras". Lo advertía: "a una mujer a la que se desea, nunca se le pregunta la edad, la estatura, ni cuánto pesa; eso las hace sentir como si fueran vacas. Constantemente, hay que recordarles que tienen unos ojos hermosos, que sus cuerpos son esculturales, que tienen voces melodiosas y que tienen manos de artistas." Además de instruir a Sebastián en asuntos de faldas, basándose en ilustraciones teóricas, le enseñaba con vivos ejemplos. Para demostrarle lo que decía, se acercaba a la primera muchacha atractiva que veía y le decía cosas como: "hace un día bonito ¿verdad?" o, "discúlpame, ¿me podrías decir qué hora es?" En estos casos siempre terminaba entablando con ellas conversaciones, y sabe Dios a los acuerdos que llegaban. Sebastián tomaba los consejos de César, como si éstos hubieran sido dados por un consejero espiritual. A la vez, le hacía preguntas como: ¿Qué hago si me dejan por otro?, ¿Qué hacer para que no me olviden? Si estas cerca de ella ¿Cómo disimular una erección? y preguntas así por el estilo. Cuando César vino a estudiar a los Estados Unidos, se mantuvieron comunicados a través de cartas y llamadas telefónicas. Fue mediante esos intercambios a larga distancia, que Sebastián se enteraría de que César se había vuelto un bohemio, que apenas asistía a sus clases en la universidad, que se la pasaba fumando Marihuana, y que tocaba la guitarra en un grupo de Jazz. Y que grande fue el susto que se llevó Sebastián cuando en su primera correspondencia con César éste le envió envuelta en el papel de la carta una hoja de Marihuana, y la siguiente observación: "no tomes y guíes; es mejor, fumar y volar". Eso ocurrió cuando ya vivían en Bóvedas, ese residencial tan exclusivo de ciudad Panamá. Sebastián pasó días, con el corazón en la boca del miedo, pensaba que las autoridades en cualquier momento harían un allanamiento, y lo acusarían de ser un traficante de drogas con conexiones en el extranjero.

Habían pasado algunos meses desde la primera carta de César, y eran las tempranas horas de un sábado de Julio, cuando ocurrió lo que cambiaría la vida de Sebastián para siempre. El estaba solo en casa. Esa mañana, el resto de la familia, se había ido de compras. Antes de marcharse, le habían pedido que aprovechara el tiempo que estaría solo para que desempacara algunas de las cajas, que no habían sido abiertas, y que estaban por todas partes como ancianos estorbando. Como Sebastián era un buen muchacho, sin duda hubiera ayudado. Pero la noche anterior había dormido apenas unas horas, debido a que se acercaba el nuevo año escolar, y como buen estudiante, había estado dándole una ojeada a los textos que debía usar. Había leído unos artículos tan aburridos, que parecían tratados de filosofía. Pero como estaba ya acostumbrado a tropezar con libros especializados en dormir a los lectores, se había mantenido despierto hasta horas de la madrugada. Esa mañana, solo y sin distracciones, el sueño pronto se fue apoderando de él, y la necesidad de echarse una dormidita, fue algo muy parecido a una dulce necesidad. Cansado, y con sueño como estaba, decidió que hubiese sido un pecado no aprovechar la calma de la soledad y echarse una buena siesta. Buscó las sombras frescas del cuarto trasero y se disponía a dormir. Cerró puertas y ventanas, como quien previene una tormenta. Fue hasta el baño, y fue desde allí que escuchó el rumor de una voz femenina en la casa de al lado. Se distrajo de la misma forma que el canto de un pajarillo llama la atención a un gato hambriento. Como Sebastián tenía una imaginación creativa, se figuraba el agua deslizándose sobre la suavidad de un cuerpo joven de mujer. La posibilidad de poder verla, aunque fuera por un instante, le espantó el sueño, y lo hizo palidecer de ansiedad. Le temblaron las manos, le repollaron súbitos sudores en la frente, y el corazón enloquecido le zapateó en el pecho abrumado de emoción. Continuó escuchando ese despreocupado rumor de voz, con la misma fascinación que en antiguas leyendas navegantes guiaban sus barcos por precipicios, y se estrellaban entre las rocas, atormentados por el embrujo de cantos de sirenas. Esperaba que la dueña de esa vos fuera una mujer joven, hermosa, soltera, ardiente y accesible. Tenía la absurda esperanza de que esa inocente melodía fuera algo así, como un llamado al inició de una relación con resultados prodigiosos. Una convocatoria de los genes a propagarse. Una invitación a asegurar que el planeta tierra jamás volvería a estar despoblado. Pensando así, como un degenerado, se hubiera perdido por entre las catacumbas de su imaginación, de no ser porque sintió que la voz comenzaba a alejarse. La casa vecina tenía una puerta doble de cristal que daba al patio trasero. En ese traspatio Sebastián pudo ver que había un espejo de pedestal, una tabla de planchar, una silla con tres patas, un taburete, y otros objetos que no sobrevivieron a la mudanza. Además, había un cordel de ropa secándose al sol.

Envuelta en una toalla de playa, que permitía ver sus piernas hasta una altura fascinante, y con el pelo mojado, que le chorreaba por la espalda, la joven vecina era un encanto hecho mujer. Sebastián la vio desprender del tendero algunas prendas de vestir. Luego la vio regresar, en puntillas, y cuando ella advirtió su propia imagen en el espejo, con un lápiz de labios dibujó una fauna de animalitos cabezones, y corazones atravesados por flechazos de amor. De pies, al lado del taburete continuó dibujando pajaritos voladores, y nubecitas preñadas de lluvia. Fue entonces cuando ocurrió algo inesperado: la toalla se le desprendió del cuerpo, y por un instante Sebastián la vio como Dios la trajo al mundo. A toda prisa, tomó la toalla del suelo y volvió a cubrirse. De seguro se hubiera muerto de pena, de haberse sentido expuesta ante los ojos de un hombre, pero por suerte, recordó que estaba en Las Bóvedas en donde casi el total de las residencias estaban deshabitadas. Pensando de esa forma, se sobrepuso ante ese vendaval de vergüenza.

Aunque todo ocurrió en un abrir y cerrar de ojos, fue tiempo suficiente para que Sebastián quedara hechizado por ese fogonazo de desnudez. Minutos más tarde, continuaba tirado entre las cajas de cartón, que contenían utensilios de cocinas. Le abandonaron las fuerzas, se les aguaron las rodillas, tenía un hondo vacío en el estómago, y como a los chivos asustados, se le aflojaron los dientes. Se sintió al borde del desmayo, y le sorprendió el hecho, de que en lugar de caer tendido en el suelo, lívido, y blanco, como una hoja de papel, experimentara una extraña sensación, parecida al hambre, pero que no era hambre pues había desayunado apenas hacía un instante. Tenía la garganta seca, los ojos húmedos, le temblaban las manos, el corazón le golpeaba el pecho aun con más intensidad, se mordía los dedos, como un demente, y se presionaba el estómago con la mano izquierda, como quien de repente presiente que le falta algo por dentro. No entendía por qué actuaba de forma tan rara, y asustado pensó que probablemente estaba siendo víctima de una enfermedad desconocida y fatal. Hasta se imaginó gérmenes malignos proliferando vertiginosamente sobre los tejidos de sus órganos, y sintió un sudor frio que le mojaba la frente y le corría por la espalda. "¡Virgen de los pobres, me voy a morir joven!", se decía, sin saber que hacer. Comprendía que morirse a una edad tan temprana, no hubiera sido otra cosa que una catástrofe del universo, una burla celestial, y hasta una gran pérdida para la patria, pues según Rogelio, su padre, él sería el próximo Omar Torrijos. Sin embargo, pensaba que de llegarle la Parca, caminaría con donaire, por el valle de los caídos, y sin temor a tropezar, atravesaría sus sombríos laberintos, pues haber visto a su vecina desnuda esa mañana había hecho que su corta vida hubiera valido la pena. Se llevaría esa imagen al más allá, como una linterna de minero esculpida en la frente, para que le alumbrara el camino por entre las catacumbas oscuras de la muerte.

"¡Virgen de los pobres, me voy a morir joven!", se decía, sin saber que hacer. Comprendía que morirse a una edad tan temprana, no hubiera sido otra cosa que una catástrofe del universo, una burla celestial, y hasta una gran pérdida para la patria, pues según Rogelio, su padre, él sería el próximo Omar Torrijos. Sin embargo, pensaba que de llegarle la Parca, caminaría con donaire, por el valle de los caídos, y sin temor a tropezar, atravesaría sus sombríos laberintos, pues haber visto a su vecina desnuda esa mañana había hecho que su corta vida hubiera valido la pena. Se llevaría esa imagen al más allá, como una linterna de minero esculpida en la frente, para que le alumbrara el camino por entre las catacumbas oscuras de la muerte.

Casi una hora había pasado, cuando el resto de la familia regresó de compras. Sebastián estaba sentado en la cama tratando, inútilmente, de arrancarle algunas notas al saxofón de Paula. No quería ponerse de pie, pues aun le flaqueaban las piernas. Cuando Rogelio vio que las cajas de la mudanza continuaban intactas, dejó salir un suspiró de frustración: "Dios mío, si no fueras un buen estudiante, diría que eres el más haragán del mundo." Sebastián se disculpó con la excusa de haber estado estudiando todo el tiempo, y prosiguió a quejarse de cómo le molestaba la cantidad de labores que siempre le asignaban, con el cuento ese de que él era el segundo hombre de la casa. Mientras que las responsabilidades de Paula eran solo simples pequeñeces, que bien se podían reducir a dos: lavar los platos, y los fines de semanas ayudar con la limpieza de la casa. Continuó quejándose de que a diario él tenía que botar la basura, ir al mercado, siempre que se terminaba las comidas antes del fin de semanas, mover los muebles durante la limpieza, mojar el pasto, y las flores del jardín, recoger la manguera, para que no se tropezaran, y hasta responder al teléfono para espantar a los vendedores que, asediaban con sus llamadas tratando de venderles cualquier cosa.

Paula, que disfrutaba viéndole enojado, y que tenía talento para el cinismo, le acariciaba el pelo y le respondía: "que lástima hermanito que no seas hembra, para que trabajes menos." A lo que él contestaba: "Que va, ser hombre es un regalo de Dios, además ustedes no tienen esto." Con las dos manos se agarraba el animal arrugado que dormía entre sus piernas.

-¡Grosero! gritaba ella, y se marchaba a su habitación, fingiendo estar enojada.

Casi siempre que esto ocurría, y Sebastián estaba de buen humor, él la perseguía hasta su cuarto haciendo una de sus carcajadas de loco manso. Ella aprovechaba la ocasión para sacar el saxofón del estuche, y tocarle canciones instrumentales como el tema de la pantera rosa, o el clásico Copacabana. Sebastián por su parte tocaba la guitarra, de oído, y tenía talento para las bachatas. Se sabía varias canciones de Los Beatles, de los B.Gs, y temas instrumentales latinos, como Bésame Mucho, La Flor de la Canela, y el Cóndor Pasa. Nacido y crecido en el Chorrillo, un barrio famoso por sus pandilleros y sus busca vidas, y sin embargo Sebastián era un tanto bobo, comparado con el resto de los jóvenes de esa área.

En Panamá, como en todos los países del mundo hay una comunidad de dominicanos, y en el Chorrillo, por supuesto, vivían familias dominicanas, con cuyos hijos Sebastian hizo amistad. Fue con ellos, con los que aprendió a escuchar bachatas y bailar merengues. ¿Que cómo se las hacía para no hacer el ridículo cuando estaba con sus amigos? Para impresionarlos, tocaba la guitarra, y les cantaba las canciones que a ellos les gustaba. Cantaba las canciones de autores como: Luis Segura, Víctor Esteves, y Eladio Romero Santos. Escuchaba las salsas de Héctor Lavoe, las de Willy Colón, las de Oscar De León y las de Rubén Blades; de todos, éste último era su favorito. Sus amigos del barrio a su vez lo hacían escuchar las canciones de amargues de José Miguel Class y hasta los revoltijos musicales de El General. Qué barbaridad, lo que tenía que hacer para estar en buenas con los amigos. Además, Sebastián leía con ellos las cómicas de Condorito, las de Archie y Sabrina la Hechicera, y las aventuras del Capitán América.

Aunque el nombre Bóvedas, a mi mismo me crispa los pelos, no se dejen confundir, pues en ciudad Panamá, Las Bóvedas es un barrio colonial, muy exclusivo en donde viven los ricos. Así que cuando Rogelio, un pobre diablo, se compró una casa en Las Bóvedas, muchos que lo conocían, y que no se enteraron de su "buena suerte" ponían expresiones dudosas y hasta arqueaban las cejas, y suspiraban un "¡Avemaría purísima! éste mundo está perdido" pues podían jurar que Rogelio, de seguro se había involucrado en algún negocio turbio. Es que en ninguna parte del mundo, ni aun en Panamá, es posible comprar una casa en un barrio de ricos a costa de un salario de barrendero.

Las escuelas buenas en los barrios pobres no existen. El Chorrillo por supuesto no era una excepción a esa regla. Sin embargo Rogelio y Tomasina no estaban dispuestos a que sus hijos recibieran una educación mediocre. Así que mientras vivieron en el Chorrillo, Sebastián y Paula iban a escuelas en otros barrios. Tomasina tomaba prestada las direcciones de amigos, y relacionados que vivía en lugares más acomodados y los inscribía en esas escuelas. Eso causaba que Paula y Sebastián se vieran obligados a hacer largas jornadas diarias en autobuses públicos. Era un gran dolor de cabeza para ellos, pues no bien se acoplaban al ritmo de los maestros en las escuelas, la administración se percataba de esas direcciones falsificadas y tenían que ser relocalizados en otro plantel. En la próxima escuela ocurría exactamente lo mismo y tenían que comenzar de nuevo en otro lugar. A Sebastián, que era un estudiante dedicado, eso le causaba fastidio pues sus esfuerzos académicos iban quedando como retazos de escuelas en escuelas, y al final del año solo le reconocían el rendimiento académico de los últimos meses. Para Paula esos cambios de escuelas eran también una gran molestia, pero por otra razón: le rompía el corazón cada vez que tenía que interrumpir los amores, y tenía que hacer milagros para mantener vivas las relaciones. Para volver a verlos, tenía que inventar todo tipos de escusas: el libro que se le olvidó en casa de un amiga, visitas a amigas que no andaban bien de salud, compras de libros de textos en medio del año escolar y un sin número más de patrañas. Cuando por fin se mudaron a un barrio de clase alta, Sebastián le dio gracias al cielo, porque por fin podrían ir caminando a la escuela.

Dando tumbos, atravesando la ciudad en transporte público de un barrio a otro estos dos hermanos fueron dejando atrás esos años impredecibles, y casi siempre vergonzosos de la adolescencia. Era ya el año inicuo del 1989 cuando el presidente Bush, padre, tratando de borrar los garabatos que había hecho como director de la agencia central de inteligencia (CIA), trató de borrar del mapa a Panamá. Como recordaran, el desorden terminó con una gran matanza de panameños, con la soberanía del pueblo pisoteada, y con el hombre fuerte (ni tan fuerte) preso, y culpable de una infinidad de delitos. Yo me pregunto: ¿cómo es posible que se culpe al peón por obedecer las órdenes de su capataz? Que realidad más absurda nos ha tocado vivir. (casi me olvido que ésta no es una historia sobre ricos, cínicos, mentirosos e hipócritas; se me olvidó que estamos hablando de caníbales). Continuemos.

Paula llamaba a Sebastián Seba, pero no delante de sus padres, por supuesto. De acuerdo a su madre, esa palabra tenía un significado, que ella era incapaz de pronunciar.

"Seba," le dijo Paula por esos días,

"¿Te cuento un secreto?" – ¿Qué?

"Descubrí el amor de mi vida." "Sí, lo sé," le dijo él.

"El amor de tu vida es el saxo."

Ella se ruborizó, y no encontró que decirle, pues pensó que él había dicho el "sexo".

Al sentirse desenmascarada, por Sebastián, no hizo la mínima resistencia. Nada de mentirle con el cuento de que la primera vez había sido por engaño y que las otras veces fueron por causa de su ingenuidad. Ella le fue sincera y le contó como, sin darse ni cuenta, se había enamorado de Juan Figueroa un muchacho de otro barrio a quien conoció en la universidad. Le contó que ya apenas miraba los libros, porque solo podía pensar en él, y le hubiera seguido contando sabe Dios que, de no haber sido porque Sebastián se le adelantó y le dijo, visiblemente contento al verla tan feliz: "los hombres son lobos, y sueñan con comerse a todas las caperucitas rojas. Ten cuidado".

Recordó la extraña sensación que había experimentado cuando vio a la joven vecina detrás de la casa, y supo que estaba hablando en nombre de sus sentimientos. Paula estaba confundida con ese hermano raro, que por un lado la había descubierto con las manos en la masa, y por el otro le pedía que tuviera cuidado con los hombres. ¿Qué más cuidado podía tener, si estaba haciendo todo lo que se le antojaba?

El semestre universitario comenzó casi tan pronto como había terminado el anterior, y Paula ya estaba habituada a los pocos recesos, y a las cortas vacaciones universitarias. Sebastián, por el contrario, cuando regresó en septiembre a la nueva escuela, tuvo la impresión de haber llegado de un prolongado, y lejo viaje. A los amigos que había conocido, apenas hacía un par de meses, les contaba los sucesos que habían ocurrido durante las vacaciones, con una apresurada emoción. Parecía que en lugar de dos meses sin verse, hubieran estado desterrados durante cincuenta años, y que ahora se encontraban por primera vez al salir del presidio.

En los muchachos podía apreciar los cambios físicos que habían sufrido en tan breve tiempo. Notaba ese crecimiento galopado que los hacía trastabillar en las escaleras, y les obligaba a agacharse para no descalabrarse con los marcos de las puertas. Sus voces graves, sus rostros poblados de acné, sus mandíbulas cuadradas, sus extremidades desmesuradas por el desbalance hormonal, y la deformidad de sus cuerpos, que crecían a toda prisa, y en formas desproporcionadas, todo esto le hacía pensar que la adolescencia para los hombres es una etapa grotesca.

En las muchachas, por el contrario, le fascinaba ver esos cambios del crecimiento, que la naturaleza iba forjando en ellas. Se asombraba al ver como les habían crecido aun más las redondeces de sus senos. Notaba las sutilezas de sus voces femeninas. Le encantaba mirar sus piernas, que se hacían más atractivas, mientras más altas llevaban las faldas. Se impresionaba con las curvas de sus caderas, con sus formas seductivas al caminar. Se maravillaba con sus grandes traseros, que lo dejaban anonadado, y que provocaban que su mirada se fuera detrás de ellos, como limaduras de hierro atraídas por un poderoso imán. Fue por esos días que escuchó a sus compañeros de clases, que como burros enardecidos, al ver pasar a las muchachas guapas, sin poder contenerse decían cosas como: "¡Dios mío!, esa niña está como para comérsela." Les oyó decir: "¡Mamacita, estas buena para después de la cena!" También les escuchó el piropo: "¡si como caminas, cocinas, me como hasta el concolón!" y escuchó a uno de ellos suspirar: "¡luego que me la coma, me acostaré reposar, pensando en ella!"

Comprobó además, como aun los muchachos más atinados, y aun los más discretos, miraban, a las féminas con deseos de comérselas, como si ellas hubieran sido pescados fritos. Fue también por esos días que escuchó, otras expresiones que hacían referencia a ese canibalismo figurativo, tan común entre los muchachos, y pensó que eran simples vocablos de hombres desesperados por follar y ser follados, pero se equivocaba. Pues continuó escuchando frases similares, aun cuando estas tenían muy poco que ver con actos sexuales. Escuchó al pordiosero decir: "¡con esta hambre que tengo, soy capaz de comerme la mano izquierda!". Escuchó al señor que quería pelear decir: "¡te voy a comer, papá!". Escuchó al rival contestar: "¡Déjalo que venga, que me lo voy a comer vivo!". En otra discusión escuchó el amenazante: ¿Oh?, ¿me vas a comer, león?"

Sebastián, que por haberse pasado gran parte de sus años dedicado a la lectura, conocía muy poco de la vida en la calle, se maravillaba al escuchar semejante términos. Así que cuando los oía expresarse con un lenguaje tan pintoresco, se decía: "Que expresiones más coloridas usa esta gente, deben ser poetas." Tardaría varios años para que llegara a relacionar esas expresiones rutinarias de hablar, con el rito de comer carne humana.

Contentos por haberse llevado a sus hijos lejos de ese hoyo de mala muerte llamado el Chorrillo, Rogelio y Tomasina, estaban más que orgullosos. Ahora, residentes del rico barrio Las Bóvedas, estaban optimistas ante las perspectivas que les ofrecía el futuro. Paula había ingresado a la universidad, y Sebastián tenía una muy buena escuela para que terminara su último año escolar. Ambos padres estaban seguros, que los nuevos roces sociales y sus impecables calificaciones, sin duda, eran señales inequívocas de que sus hijos se estaban encaminando por el sendero que los convertiría en los profesionales que la familia nunca había tenido. Paula, pensaba la madre, será una directora de sinfonía. Será una saxofonista clásica, que terminará dando conciertos en el teatro nacional, en *Carnagie Hall,* y en el *Lincoln Center* de Nueva York. Sebastián, continuaba ella pensando, será un cirujano prominente; un médico de renombre, cuya fama se dará a conocer entre los ricos y famosos de Panamá. Y cuando la gente la viera a ella y a Rogelio caminando por las calles, los felicitarían por haber criado a hijos tan destacados. Otros, al verlos pasar por las calles más apartadas de la ciudad, se dirían entre sí "ahí van los padres de Paula y Sebastián".

Rogelio, por su parte, tenía una idea un tanto distinta a la de su esposa, aunque, igualmente próspera: "Sebastián será el próximo Omar Torrijos" decía él, con la miraba perdida en la niebla del futuro. Por Paula, no había que preocuparse, seguía él pensando, pues la universidad le caía como "viento en popa."

Pobre Tomasina, a quien sus buenas intensiones no le permitían ver la realidad de la vida. Pobre Rogelio, que no sabía que a Sebastián le importaba un bledo la política, y el futuro de Panamá. ¿Y su hija?, andaba ya como un barco a la deriva, que viajaba sin rumbo fijo por no tener ni velas, ni timón. Ya había dejado de ser la hija inocente, que se complacía tocando el saxofón, y por esos días, andaba más loca que una cabra. En la universidad andaba más extraviada que una gaviota en Bolivia. Ni Rogelio, ni Tomasina se percataron cuando comenzó a fumar. Tampoco notaron cuando empezó a tomar alcohol. Llegaba a casa tragueada, se iba derecha a la cama y ellos pensaban: "pobrecita debe estar cansada de tanto estudiar". Más tarde aprendió a drogarse, y se perdía durante días enteros, supuestamente estudiando. A diarios, fingía salir para la universidad, en hora de la mañana, y regresaba entrada la noche, con la piel bronceada, el pelo revuelto, y el traje de baño húmedo escondido en la cartera. Había follado barias veces con diferentes tipos de otros barrios, y últimamente lo hacía, con Juan Figueroa, un vago de siete pies de estatura, famoso por su atributo varonil. Pues estaba, supuestamente, también armado que, entre sus conocidos, lo llamaban la macana.

La primera vez que Paula hizo el amor con uno de sus novios, fue con una curiosidad aterradora, pues su futuro amante se había plantado un condón marca Ranses que le dio a su órgano un destello como de leño al fuego vivo. Y tanto por el miedo inicial, como por el dolor, que le taladrada, aun minutos después, de haber terminado, mientras se vestía, no podía sobreponerse al deseo de llorar de frustración, pues no había experimentado ese placer tan alucinante del que sus amigas no dejaban de hablar. Luego ella continuaría haciéndolo como un doloroso experimento por saber que tanto podía soportar por caridad a los hombres. A medidas que transcurrían los días, lo hacía con la curiosidad de una psicoanalista, por ver la seriedad en el rostro de sus amantes cuando estaban subiendo al cielo, y luego, verlos como impactados por una arma mortífera derrumbarse sobre sus pechos con un quejido de muerte. Finalmente, después de tanta práctica, descascaraba con medio barrio sin contemplación. Hacía el amor sin amor, como si éste hubiera sido un ejercicio que la prepararía para entrar en el reino de las putas. Así fue como conoció a Juan Figueroa, con quien aprendió a cojer como una profesional. Pues el molestoso dolor que sentía cuando la penetraban, había ido desapareciendo hasta convertirse en un ardor placentero. Como una recompensa a su perseverancia, descubrió que Juan, a pesar de su atributo de burro, era un animal dócil para el amor.

Estimulada por ese placer que la inducía a pensar con la vagina, Paula tenía el presentimiento de haber descubierto un reino escandalosamente sexual. Estaba segura de que nadie en su familia lo había descubierto antes. Si Juan la convencía para que hicieran el amor en la playa, se creía ser la única, que por primera vez había echado un polvo dentro del agua. Si la llevaba al campo, pensaba, ser la única que había tirado encima de un árbol. Si estaban en medio de una multitud, se creía ser la primera en acariciarle la yuca a su novio por debajo de la mesa. En la universidad, pensaba que era la única que había echado un "Speedy González" de pie, en un salón de clase vacío. Pensaba además que era la única de su edad que había sentido la urgencia de hacer gárgaras con agua bendita, por los tantos pecados que habían entrado por su boca. Pobre Paula, a pesar de ser tan puta, era tan ingenua. Pensaba que andaba acabando con el mundo, y solo estaba acabando con su vida. No sabía que ese reino salvaje, del que ella pensaba era una pionera, había sido explorado y explotado por sus padres, por sus abuelos, por los abuelos de sus abuelos, y por una cadena de ancestros suyos que se remontaba a los tiempos cuando Lucy se extravió en el desierto de Hadar en Etiopía.

Una noche de un fin de semana, Sebastián y Paula se habían peleado, y en la casa tenían de invitado a Luís Montero, un ingeniero, amigo, compadre y ex vecino, del Chorrillo. Sentados a la mesa mientras esperaban a que Paula, dejara de hablar por teléfono con uno de sus "compañeros de la universidad", Sebastián estaba tan enojado, que estuvo al borde de contarles a todos sobre las andanzas de Paula. Tomasina, que notó su estado de incomodidad, le preguntó si se sentía bien. El casi le hubiera dicho: "es que ya estoy hasta la coronilla de las mentiras de Paula." Pero se aguantó de la misma forma que soportó leer tantos los libros aburridos y dijo que solo estaba preocupado por el gran desafío académico que le presentaba la nueva escuela. Luís Montero que lo había notado igualmente agitado en horas de la tarde, le había hecho la misma pregunta y se había sentido a alagado cuando

Sebastián le dijo: "es que cada día más me está gustando la ingeniería." Por la tarde le había hecho a su padrino todos tipos de preguntas acerca de las construcciones del vecindario. Quería saber si las casas, vecinas habían sido diseñadas por el mismo arquitecto. Quería saber el año específico en que fueron construidas. Le preguntó si las habitaciones y los baños de cada una de las casas eran idénticos, que si las decoraciones eran las mismas, que cual era la dimensión de los patios y como se llamaba a ese tipo de arquitectura.

Por esos días, al llegar de la escuela, Sebastián vio sobre la mesa del comedor otra carta con sellos del extranjero dirigida a él. No tuvo que ver el remitente para saber que era de César. Se le alborotó el corazón al pensar en el regalito que podía tener adentro. No se equivocó. Había una postal de la ciudad de Nueva York con las dos torres gemelas altas e imponentes. A la distancias se podía apreciar la estatua de la libertad en medio del horizonte verde del mar.

"Hola Mandi: aquí hace un frío pelú.

Ha caído tanta nieve, que se han muerto todos los árboles.

Lo que si hay es mucha yerba; ja ja ja… (una broma).

Me estoy cansando de estos inviernos tan largos. En cuanto termine con la universidad, me regreso a Panamá.

Te veo pronto.
César."

Además de la postal Cesar le envió el dibujo de un viejecito guiñando un ojo, y envuelto, en un papel descubrió otra hoja de marihuana. Quemó el contenido del sobre, pero no pudo contener la curiosidad de oler el humo. Pensó: ¡ah, esto huelo a yerba de monte! En esa ocasión no se preocupó tanto por una posible redada por parte de la policía de narcóticos, pues para entonces ya sabía que la justicia es ciega, y que mientras más ricos son los barrios, más ciega se vuelve la justicia. Aunque en Las Bóvedas nunca hacían redadas, por si las moscas, no respondió la carta. Todo lo que hacía por esos días era pensar en esa vecina que lo tenía al borde de la locura. Daba la impresión que el Sebastián cauteloso, hábil e inmaculadamente bien presentado había sido sustituido por un hermano gemelo, atolondrado y sin cordura. En la escuela, su conducta, era la de un desquiciado. Las compañeras de clases, que por una razón, o por la otra, tenían algún parentesco con la vecina, eran objetos, primero de sus miradas furtivas, y luego de sus piropos impetuosos, y desacertados que las dejaban más confundidas que halagadas. Porque para decirles que tenían miradas hermosas, él les decía: "quiero que sepas que tus ojos son negros. Si le gustaba como sonreían les decía: "tu sonrisa me recuerda a mi tía." Si le gustaba sus peinados les decía "tienes un peinado diferente". Luego de semanas de bochornos, y miradas de desprecio por parte de las féminas, llegó a entablar una conversación con una de ellas, que por cierto estaba como un bombón. Y días después, luego de arduos esfuerzo para convencerla, la sonsacó para que visitara su nueva casa cuando salieran de la escuela. Pero su buena suerte parece que se había ido de vacaciones esa tarde, pues las cosas no salieron como él esperaba. El día de la cita, confiando en que ni sus padres, ni Paula estarían en casa, se mordía las uñas al imaginarse estando con ella a solas, en un cuarto cerrado. Sucedió, sin embargo, que esa tarde, Paula llegó más temprano, que de costumbre, y los sorprendió en el sofá. Sebastián, ya para entonces había logrado algún avance: le estaba acariciando las piernas, y estaba a punto de meterle la mano un poquito más arriba, mientras a la misma vez se estaban dando un beso francés. Así que cuando Paula de repente abrió la puerta, podía decirse que los dos estaban practicando para una clase de lenguajes, pero no con un sentido académico.

Paula no dijo nada y siguió directa a hasta su habitación, pero Sebastián comprendió que ese silenció era un pacto secreto sellado por la complicidad. Ella no diría nada, porque estaba segura de que él tampoco haría ningún comentario sobre las tantas veces que ella en lugar de irse a la universidad, se iba con sus novios a cuantas playas hay en Panamá.

Sin encontrar sosiego a la urgente necesidad de conocer alguna noticia acerca de la vecina, Sebastián se había releído el Quijote, la Ilíada y La Divina Comedia. Fue precisamente en esa ocasión en que por segunda vez leía el canto trigésimo tercero del infierno de Dante que, descubrió rastros de canibalismo y se dijo: "virgen de los pobres, que horror". Continuó leyendo lo que encontrara al alcance de la mano, y no halló ningún alivió al amparo de la lectura. Tratando de hallar algo parecido a un refugio que le mantuviera la mente ocupada, para no pensar más en ella, había leído textos escolares, periódicos atrasados y hasta pasajes de la Biblia; pero los recuerdos de esa desnudez eran como firmes estalagmitas que colgaban aferradas en lo más alto de la caverna de su memoria. Quería saber cómo se llamaba, que edad tenía, si estaba casada o soltera, si estaba comprometida o si tenía amores escondidos. Se preguntaba, cuál sería su entretenimiento, en dónde trabajaba, qué lugares frecuentaba, y que hacía los fines de semanas. Andaba medio loco, y sin ideas, de cómo poder encontrar a alguien que pudiera ayudarlo a contestar tantas interrogantes. Con la esperanza de poder volver a verla, cuando volviera a descolgar la ropa del tendedero, había montado guardia en el patio trasero de su casa, y para que su constante asecho pasara desapercibido, se hizo el trabajador, y le dio por plantar árboles frutales.

Como el traspatio era una gran extensión plana sembrada de pasto, sembró en él, dos limoneros, ocho matas de Guayabas, tres naranjos, un árbol de guanábana, uno de mango, uno de mamón, un limoncillo, tres matas de lechosas, un tamarindo y tres plantas de parchas, que formaron una enredadera incontrolable. En asunto de semanas, invadieron el patio con un desorden de bejucos, que se gaviaban por entre las tejas del techo, y se metían por entre las ventanas mal cerradas, con una curiosidad de alimañas trepadoras. Las ramas continuaron deslizándose sobre las rejas divisorias, y llegaban hasta a la calle, en donde los peatones las hacían trisas con los pies. Cuando Sebastián no encontró más espacio en donde sembrar, abrió una sombrilla de playa, y allí se sentaba a esperar, como quien espera un tren en una estación olvidada. Si alguien, al tirar la basura, lo miraba con ojos interrogantes, él comentaba, como de casualidad, "me encanta éste panorama".

Las horas en que Sebastián no estaba en el patio esperando ver a la vecina, era porque se escondía detrás de una cortina, como un ladrón acechando; tratando de ver sin ser visto. Solo en una ocasión pensó haber escuchado desde la casa vecina, una voz femenina y joven declamando el poema *Hechizo de Amor* de Rubén Darío, pero bien pudo ser la voz de una locutora lejana que recitaba poemas de amor en un programa radial. A pesar de su gran empeño por volver a ver a la vecina, sus esfuerzos fueron en vano, bueno, no todos. De las plantas que había sembrado, en asunto de un par de meses las de lechosas produjeron una cantidad inmensas de frutas que sirvieron para preparar ricos dulces y deliciosos batidos. En una ocasión, Rogelio le regaló una lechosa a su posible, suegro. Este su vez, le regaló una conserva de batatas. Sebastián, ni se enteró del trueque. Así que a pesar de tener los oídos atentos, y los ojos clavados en la casa de al lado, a pesar que desayunaba, almorzaba, hacía las tareas, y hasta hubiera encontrado excusas para permanecer acechando hasta las horas de la noche, de no ser porque los mosquitos lo atacaban con una voracidad despiadada; aun así, no volvió a ver a la vecina.

Hacía ya cerca de cinco meses, y Sebastián no había visto ni señales de vida de su escurridiza ángel de amor. Por esos días, tratando de mantener la mente ocupado con la lectura, después de clases, al visitar la biblioteca de la escuela, se enteró de que la vieja bibliotecaria estaba muy enferma y que había sido re-emplazada. "De seguro, pensaba él, la nueva empleada de la biblioteca era una de esas señoras cincuentonas, gorda, amargada, usada, y abusada." Se la imaginaba en chancletas, con rolos en la cabeza, lentes con antiparras de carey, y cristales gruesos, como culos de botellas. Estaba tan seguro de su sospecha, que ni la miró al pasar. Atravesó el salón, y pasó frente al mostrador de la biblioteca a todas prisa. Esperaba en cualquier momento ser detenido por un frenético grito preguntándole: "¿A dónde crees que vas, sin mostrarme tu identificación?", o "¿En dónde piensas que estás, en el parque municipal?" Para su sorpresa, nadie lo detuvo, ni pareció importar que no mostrara su carné de identidad. En el anaquel de la revistas, buscó la edición más reciente de la *National Geographic, y* con la mirada fija en las ilustraciones, volvió al mostrador de enfrente, en donde, aún sin mirar alargó el brazo para mostrar su carné escolar, y registrar el préstamo de la revista. Cuando ya se marchaba, al levantar la mirada, para dar las obligatorias gracias, se quedó sin aliento, de la sorpresa.

Quien lo hubiera visto en ese momento hubiera pensado que se había tropezado con un fantasma, o que había visto un fenómeno de otra dimensión. Algunos que se encontraron con él a la salida, pensaron que había perdido la razón y otros sorprendidos, por su azoramiento lo siguieron con la vista, tratando de saber lo que le sucedía. Pero no hubo manera de saber el porqué de su asombro. En el autobús no dejaba de decirse "Virgen de los pobres, no es posible que esto haya sido una visión imaginaria".

Y ¿cuál fue su sorpresa? se preguntarán ustedes; casi nada. Sebastián había visto que la nueva bibliotecaria era su vecina. Si, la misma que meses antes él había visto envuelta en una toalla al salir del baño, y que lo tenía al borde de la locura de tanto pensar en ella. Después de tantas noches de desvelo pensando en ella, y de después de tanto tiempo perdido, sin tener ni pistas de su paradero, Sebastián había perdido la esperanza de volver a verla, y había pensado en la posibilidad de que todo había sido el resultado de su exagerada imaginación. Ahora que volvía a verla de forma igualmente inesperada, aunque él no creía en las casualidades, supo que tenían ante si una oportunidad de esas que no se presentan dos veces durante el transcurso de una misma vida.

La señorita Smith, que así era como la llamaban en la escuela, era hija única de una pareja de ingenieros, empleados del Canal de Panamá. Había sido estudiante honorífica en la escuela en que ahora estaba empleada. Su sobresaliente rendimiento académico, su atractivo personal, y la buena relación de sus padres con el director, habían sido factores determinantes para que la emplearan a una edad tan temprana, y en una posición que les tomaba a otros, años para poder alcanzar.

Estaría de más decir que así como Sebastián, otros estudiantes se habían quedado, permítanme decir, anonadados, para no decir atropelladamente confundidos, o prácticamente alelados antes semejante jeva. El rumor de su belleza había volado por los pasillos de la escuela con la rapidez de la luz. Apenas días después, de haber comenzado su nuevo empleo, muchos de los maestros buscaban cualquier excusa para organizar lecciones en la biblioteca, o simplemente iban allí a buscar el libro, que de seguro se les había quedado en una de las mesas. Los hombres, en general, despertaron un repentino interés por los libros de literatura que había en la biblioteca, e incluso varias maestras se acercaron y aparecieron por esos alrededores, con cualquier pretexto, pero en realidad lo que querían comprobar era si de verdad la bibliotecaria era tan bella como decían. Unas llegaron a decir que ella era muy flaca. Otras dijeron que sus tetas y su trasero eran una exageración, y otras más picadas por la envidia, opinaron que ella no era más que una negrita altanera que se creía la gran cosa. A pesar de las opiniones de esas maestras, la verdad fue que la revuelta que hizo la pelotera de viejos verdes, hombres casados, y muchachos novatos, fue un desorden sin precedente. Toda una jauría de machos se disputaban la atención de la señorita Smith, y el escándalo llegó hasta los oídos del director. Éste no tenía tiempo para entretenerse con semejantes pequeñeces, pero decidió tomar cartas en el asunto. Se dio una rutinaria vuelta por la biblioteca para ver el por qué de tanto aleluya. Al percatarse de esa gran jeva, pensó seriamente promoverla al puesto de asistente de director, con un escritorio al lado del suyo.

Las circunstancias, sin embargo, darían un giro tan inesperado, que los dejaría a todos haciendo cola. Como ustedes sospecharán, de todos esos pretendientes, nuestro héroe no sería quien se llevaría la peor parte. Y ustedes se preguntaran ¿Cómo es posible que un muchacho sin condición, ni devoción hubiera podido tener alguna oportunidad ante semejante mujerón? bueno, como les había dicho en principio, éste, aunque es un relato real (dije relato, no relajo) no es una historia común y Sebastián era un tipo con muy buena suerte.

A partir de esa gran sorpresa Sebastián estaba más confundido que un buey visco. Para su consuelo, casi todos sus compañeros de clase, que conocían sobre la nueva bibliotecaria estaban igualmente conmocionados. Buscaban cualquier excusa para ir a la biblioteca a buscar el lápiz que se les había perdido, el artículo que hacía falta para completar la asignatura, o el libro que se les había olvidado tomar prestado en su última visita. Aunque sin proponérselo, Sebastián tenía una muy buena razón para volver a la biblioteca. En medio de la confusión, había perdido la revista de la National Geografic. La había buscado por todas partes, sin encontrarla, y había decidido aceptar que la había dejado olvidado en el autobús. Así que sin perder tiempo, con el corazón zapateándole en el pecho, de felicidad y temor, regresó al día siguiente a la biblioteca.

La señorita Smith tenía esa astucia que tienen las mujeres para conocer las intenciones de los hombres. Y cuando vio a Sebastián llegar, con su carita de santo, se dijo para sus adentros: "¿Qué excusa tendrá éste?"

"¿En qué te puedo ayudar? Le preguntó ella."

"He perdido la revista que tomé prestada" -dijo él, con la voz fraccionada por la emoción, mientras esperaba una reacción de asombro.

Al ver que ella parecía no saber que decirle, agregó: "me interesa saber que puedo hacer para reponerla." Más por esa forma de mirar, que tienen los hombres, cuando les gusta una mujer, por las dudas que se reflejaban en sus manos, y por el temblor de su voz, Beatriz comprendió al instante, que él lo que le interesaba era ella. Así que mantuvo a Sebastián a una mesa de distancia, como si ese corto espacio hubiese sido suficiente para que la protegiera del amor y sus impredicciones. Sebastián era consciente de las dudas que se reflejaba en su voz y trataba de hablar lo menos posible. Sabía que ella lo observaba como un aura a una creatura moribunda en una zona baldía. Sentía la mirada de la señorita Smith como dos poderosos reflectores tratando de escudriñar sus intenciones más íntimas. De poder expresar lo que sentía en ese momento, él hubiera dicho que estaba como fascinado al sentirse el centro de atención de esa mujer magnifica. El le devolvía la mirada y trataba de decirle, mirándola a los ojos: no tienes ni idea de lo mucho que me gustas.

Ella le alcanzó un formulario para que lo completara. En él, debía contesta cosas como:

¿Nombre?: <u>Sebastián,</u>

¿Apellido?: <u>Mogollón,</u>

¿Estudiante?: _____ si

¿Sexo?: (Pensó contestar "si, por favor" pero consideró la respuesta) y contestó<u>: hombre.</u>

¿Material perdido? <u>Revista National Geograhpic. Septiembre, 1989.</u>

Cuando tuvo que escribir su domicilio y su número telefónico, tuvo que mentir, e indicar su vieja dirección del Chorrillo; no quería dejarle saber que eran vecinos.

Minutos después, cuando ella revisó el cuestionario comentó:

¡Qué raro!, y le preguntó si viajaba desde el Chorrillo todos los días.

Sebastián se sintió delatado, y asintió con el rostro un sí, sin convicción. Ella le informó que debía consultarlo con el director, y como quien habla con un amante, agregó: regresa mañana por la tarde; ya entonces veremos qué podemos hacer. El se marchó con el pecho presionado por el presentimiento de haber pactado con ella, lo que podía ser una cita amorosa.

Al día siguiente, Beatriz no estuvo en la biblioteca, pero le había dejado a Sebastián un mensaje con la recepcionista que decía: "Luego *de consultar con el director, acordamos que una forma de reponer el valor del material perdido sería ayudando en la reorganización de la biblioteca. Pensamos que si usted nos ayuda dos horas diarias, durante dos semanas, después de clase, el preció de la revista sería saldado.*" Horas más tarde Sebastián comprobó que durante el tiempo que pasaría en la biblioteca él estaría bajo la supervisión de la señorita Smith. Ante semejante castigo, estaba eufórico, y pensó que de haber sabido de ante mano esa consecuencia, hubiera echado a la basura un anaquel de libros. El hubiera hecho cualquier cosa por estar cerca de ella.

La tarde en que debía comenzar a ayudar en la biblioteca, apenas podía concentrarse en el salón de clase. No le quitaba la vista al reloj que colgaba en la pared. Esas horas de esperas fueron unas de las más largas que recordaría en su vida. Faltaban diez minutos para las tres cuando llegó de puntillas, a cumplir con su compromiso. Como entró en silencio, pudo ver sin ser visto. Beatriz estaba con una falda de flores, y una blusa blanca, sin mangas. Concentrada, como estaba, aun sin esa coquetería de la que son capaces las mujeres, cuando se sienten bajo la admiración de los hombres, ella era una visión encantadora; una gran tentación a cualquier hora del día o de la noche. A través del escote de su blusa asomaban unos suculentos y firmes senos, como dos jugosos melones. Como a Sebastián le gustaba el alpinismo, sin embargo se le antojaba pensar que además de dos frutas, podían ser dos imponentes montañas que llaman a ser exploradas. Como su falda sobre las piernas cruzadas se levantaba hasta una fascinante altura, Sebastián estuvo tan atribulado que su destello de admiración la hizo mirar. El no pudo disimular su ofuscación, cuando llegó hasta done ella estaba. Dio un paso, y acercándose aún más le dijo: "estoy listo," con una voz se oyó como si hubiera dicho "estoy lizo".

"¡Señor Mogollón!" respondió ella, como si lo hubiese estado esperando.

"Señorita Smith," volvió él a responder, con la voz alterada de emoción. Fingiendo estar molesto agregó: "el señor Mogollón, es mi papá" (le preocupa que ella conocieran su apellido, y mucho más que se le recordara). Consideraba que Mogollón es uno de los apellidos más feos del planeta, y se preguntaba: ¿a quién rayo se lo pudo ocurrir haber inventado un nombre tan horrendo? Su apellido había sido el motivo de todo tipo de burlas en la escuela, y él tenía que refugiarse en la excusa ya bien conocida, de que el nombre no hace al hombre. Esa respuesta, muy bien atinada, casi siempre causaba el efecto deseado, pero la verdad era que su apellido le molestaba como una paja en un ojo. Ahora que lo oía de los labios de esa mujer encantadora no le parecía tan mal, aunque tampoco no era, lo que se dice, un adorno.

"Sebastián, entonces" -dijo ella, como disculpándose. -Los libros que ves en esta mesa, están enumerados, de acuerdo al género al que pertenecen; y debes colocarlos en el área a que correspondan. Los de ciencias, son estos",- se lo mostró con el dedo. "Estos que están aquí, son los de estudios sociales. Los de literatura y los de matemáticas son los que amontoné aquí en el suelo." Ella se inclinó un instante para mostrarle los volúmenes que estaban juntos a una pata de la mesa, y los ojos de Sebastián, se deslizaron por el escote de su blusa, como dos gotas de rocío se resbalan sobre una hoja ladeada durante un amanecer. Una mano presurosa acudió a protegerse, y Sebastián sintió el vértigo de estar frente a un precipicio. El no pudo saber si esa repentina reacción de Beatriz había sido provocada por un urgente instinto de preservación, o por el destello de asombro que se reflejaron en los ojos de él. Cualquiera que hubiese sido la razón, causó que ella recobrara su postura recta al instante, y tratando de disimular que nada había ocurrido, continuó hablándole del orden de los libros. Él, por su parte, trató de reponerse de ese impacto, recordando que a las mujeres les resulta incómodo los hombres que tratan de desnudarlas con la mirada; decidió entonces mirarla a los ojos tratando de parecer lo menos férvido posible. Mientras ella le hablaba de ese gran reguero de libros apilados por todas partes, aunque él hacía un supremo esfuerzo de concentración, su mirada, como dos negras aves que emigran al final del otoño, volaba en dirección sur.

Esa tarde Sebastián tuvo a la señorita Smith tan cerca, que podía aspirar su olor a mujer. Su cercanía causaba que el temblor en las manos aumentara descontroladamente, y tuvo que guardárselas en los bolsillos, mientras se decía en voz baja: "virgen de los pobres, ¿que se sentirá ser el amante de una mujer tan hermosa? ¡Que mujer más sensacional!" Ella continuaba hablándole del gran desorden que había en la biblioteca, y él, idiotizado de asombro, asentía con la cabeza, hipnotizado con la sensualidad de esa mujer magnifica. Pensaba, que con tal de estar cerca de ella, le hubiera gustado ser aunque sea de su blusa un botón. Se imaginaba, redondo y pequeño, con cuatro hoyos en el pecho, cosido a su blusa, y colgando, a la altura de sus senos, oyendo su corazón latir diciendo juru-fú, juru-fú, juru-fú. Le hubiera bastado saber que a ella se le alternaba los latidos cuando pensaba en él. Y si ella nunca hubiera dicho su nombre, no importaba, él hubiese sido feliz de todos modos en su condición de botón. Hubiera sido un contento ermitaño viviendo entre las montañas de su pecho.

De las instrucciones que le había dado la señorita Smith, Sebastián captó muy poco. Tenía sin embargo una idea generalizada de las labores de un bibliotecario, y esto le parecía suficiente para saber lo que tenía que hacer. Al terminar con las instrucciones la señorita Smith, no se marchó de inmediato. Estuvo por un momento observando a Sebastián. ¿Sería solo una maestra observando a un pupilo aplicado? Él hubiera dado la vida por verificar una sospecha que lo atormentaba. Había algo en ella, como una poderosa fuerza de atracción que dominaba a Sebastián cuando ella estaba cerca. Pudiera pensarse que para mejor explicar el efecto que Beatriz causaba en él hubiera sido suficiente con una ilustración de astronomía, y de decir que ella era como la luna que al aproximarse a la tierra deja la marea revuelta, pero dicha conjetura quedaría penosamente corta. Cuando ella se le acercaba, a Sebastián se le aceleraba el corazón, le faltaba la voz, le temblaban las rodillas y se le salían las babas, entre otras cosas que será mejor callar. Podía ser esa forma de decir las cosas, o ese modo de caminar suyo, que le otorgaba un dominio total de las cosas, o lo que fuera, pero lo cierto era que había algo en ella que lo descontrolaba. Ella parecía estar consciente del efecto que su cuerpo causaba en los hombres, y sobre todo en Sebastián, y disfrutaba con su consternación. Esa tarde el simple hecho de colocar los libros en su sitio resultó ser para Sebastián una tarea de penitente, pues sus ojos, como si hubieran tenido vidas propias, se volvían hacia ella, tratando hacer sondeos inquisitivos de la geografía de su cuerpo.

A juzgar por su juventud, la señorita Beatriz Smith podía ser, tan joven como Sebastián. Pero las mujeres pueden tener una edad engañosa, y el hecho de que ella pudiera ser mayor que él, le daba al asunto un toque especial, sin duda, seductivo. Durante el tiempo en que estuvo organizando los libros Sebastián hizo un breve cálculo matemático: ella había terminado cuatro años de universidad, y él tenía dieciséis, o sea, que ella debía tener unos veinte años de edad. ¿Qué hombre no ha soñado con una mujer joven, hermosa y con experiencia en los secreto del amor? Se mordía los labios con solo imaginarse oír a Beatriz gritando de placer en la cama. O: Beatriz enseñándole nuevas posiciones. O: Beatriz dándole a probar afrodisíacos para que siguieran dando leña hasta que el mundo se acabe. Volvía a la realidad de esa biblioteca, y lo trastornaba el hecho de saber que ella estaba a escasos metros de distancia. Esa proximidad causaba en el espacio cósmico de la mente de Sebastián el efecto de un agujero negro que le absorbía la atención y que lo atraía a su eje central irremediablemente.

Esas dos horas en la biblioteca transcurrieron sin que Sebastián pudiera organizar sus pensamientos. Cuando no quedó un solo libro tirado sobre la mesa, o en el piso, para justificar que continuaba ocupado, se vio ante la necesidad de desorganizar algunos volúmenes para luego reorganizarlos. Cuando ella notó que él había terminado, se le acercó, y con un gesto, deliciosamente sensual, le susurró al oído: "Ven con migo". Con un nudo en la garganta, y una sumisión bestial, Sebastián la siguió a través de un laberinto de libros polvorientos en una atmósfera que olía a antigüedad. "Te mostraré las secciones que debes organizar mañana", le dijo ella, como justificando el hecho de llevarlo a un lugar apartado. En una ocasión, la estrechez entre los anaqueles, causó que sus cuerpos se rozaran, y aunque trataron de disimularlo, ese pequeño percance, fue tan notable como un choque eléctrico. "Perdón" dijo él, sin saber que otra cosa decirle. Un tanto pálido de emoción le ofreció una breve sonrisa.

La adolescencia es una etapa oscura del crecimiento en la que las diferencias de las edades, a cada lado de los sexos, se exageran a niveles absurdos. Un varón a los quince años no es más que un muchacho grande, que por no ser completamente un adulto, no es, ni una cosa, ni la otra. Las muchachas a esa edad, por el contrario, son mujeres hechas y derechas, capaz de espantarle el sueño a cualquier hombre de buena voluntad. No hay reglamentos para controlar las arbitrariedades del corazón, y Sebastián esa tarde se había sentido frente a ese enigma. Hubiera querido decirle a su corazón: "cálmate corazón; razona corazón. Ella está a una altura muy por encima de tu nivel. No seas terco corazón; estás soñando con lo imposible" Pero es inútil hacerle comprender lógica al corazón. Sebastián sentía por ella una atracción brutal y no sabía que hacer. El hubiera dado la vida por permanecer allí a su lado hasta el final de los tiempos.

Ella lo llamó con el dedo. El se acercó por un momento, y debió guardarse las manos en los bolsillos del pantalón, pues su brutal deseo por ella tomaba característica física y podía delatarlo.

Ella con su caligrafía perfecta, le dio por escrito la asignación. Mientras le alcanzaba la hoja de papel, como por impulso, Beatriz le tomó una mano pero la retiró de inmediato, como si hubiera sospechado que en lugar de a un muchacho novato, estaba provocando al cachorro de un tigre de bengala. Quizás solo fue por esa costumbre inofensiva que tienen los maestros de acercarse a sus estudiantes, o por la razón que fuera, el asunto es que él se sintió tan a gusto con ese breve gesto, que no se lavó esa mano por un tiempo para de esa forma mantener viva la sensación que sintió. Para corregir el error ella agregó: "te veo mañana a las tres," inmediatamente pensó que esa expresión tenía tam bién, la resonancia de una cita amorosa pactada con un amante. "le veo mañana" -volvió ella a corregirse.

Camino a casa, Sebastián experimentaba un sentimiento extraño, parecido a la responsabilidad. Sentía que algo había germinado, y comenzaba a crecer dentro de él. Durante la cena, su madre lo notó más distraído de lo normal y le preguntó cómo había sido su día en la escuela, y él la calmó con una de esas expresiones disparatadas que usan los adolescentes: "¡bacano!". Esa noche, antes de irse a la cama, la imagen de las piernas desnudas de Beatriz le ardía por dentro como un tatuaje recién esculpido en el fondo de la piel. Desnudo, frente al espejo del baño observó su animal desafiante y erecto que brillaba con una luz propia, su dureza era tal, que de habérsele desprendido y caído al suelo, al igual que una figura de cristal, se hubiese hecho mil pedazos. Ante la certidumbre de un amor solitario, su corazón retumbaba como un tambor anunciando guerra.

Confiado por la seguridad que proporciona una puerta cerrada, se dejó desbarrancar por el abismo de la imaginación. El miembro erguido le rugía en las manos con un vigoroso suspiro, y con cada caricia su gemido era el de un cataclismo en silencio, segundos antes del estallido, pero su explosión no produjo mayor sonido que un pequeño hipido, y el desahogo: -¡Ay mamacita!

Las horas que transcurrieron al día siguiente no fueron suficientes para que Sebastián pudiera superar su inseguridad. Había visualizado el segundo encuentro con Beatriz. Se imaginaba los dos solos en la biblioteca y los temas a tratar. ¿Qué decirle?, ¿Cómo enamorarla, sin que se sintiera agredida?, ¿Cómo hacerla reír? La risa es una buena herramienta para romper el hielo; ¿que tal un chiste? No, quizás no le haga ninguna gracia. No encontraba la sonrisa galante, ni las palabras perfectas que necesitaba para expresar su admiración por ella, y se había sorprendido frente el espejo gagueando algunas frases incompletas.

Tan nervioso, como el día anterior, llegó a la biblioteca. Pero como siempre ocurre con las citas planeadas, lo que acontece, nunca llega a superar a las expectativas. La señorita Smith, estaba un tanto distraída, y menos afectuosa que el primer día. Su conducta era complementa profesional, cual si arrepentida por haber sido amigable con él la tarde anterior. Algo un más alarmante fue comprobar el gran número de hombres que fueron a hacerle la visita esa tarde. Hasta entonces Sebastián no había visto tantos hombres caballerosos. Le abrían las puertas por donde ella iba a pasar, admiraban las combinaciones de su vestido, su peinado, halagaban las decoraciones de la biblioteca, el orden de los libros, el fresco del aire acondicionado, y estaban a sus pies para lo que ella necesitara. Sebastián que comprendía su desventaja al ver esa multitud de hombres experimentados que lo desplazaban sin remedio, estaba que le ardían las orejas del coraje. Esa misma tarde comprobó que la competencia por acaparar la atención de la señorita Smith, era una guerra sin cuartel, y que de todos ellos, él era el menos agresivo. Habían unos tan aguerridos, que se plantaban con sus guitarras, en la aceras de enfrente y se desahogaban cantándole boleros y canciones de amargues. Otros la llamaban por teléfono para saludarla. Algunos otros hasta tomaban libros prestados, y los devolvían al día siguiente con pequeños mensajes de amor, y con corazones atravesados por flechas. ¿Qué cómo se enteraba Sebastián de lo que hacían ese grupo de mequetrefes del diablo? El tenía que re-organizar los libros en los estantes y ponía especial atención a los que habían sido devueltos por los pretendientes de la bibliotecaria. Ella parecía no darse ni cuenta de los poemas ocultos entre los libros, pero Sebastián que los escudriñaba entre las páginas los leía todos. Leyó uno que decía: "Dame tus manos, y entrelacemos los dedos, dame tus ojos para mirarme en ellos, dame un abraso para dormirme en tus pechos, y arrancarte el corazón, para comérmelo a besos." Leyó otro que era un tanto pendejo, que decía: "O Beatriz, es por ti mi amor tan loco, que quisiera ser un moco, para estar en tu nariz."

Ante semejantes contendientes pudiera pensarse que Sebastián no estuviera corriendo el riesgo de ser eliminado de la contienda. Pero hasta ahora solo les he contado lo que hacían los más imbéciles. Habían otros muchos más avispados, que usaban tácticas avanzadas. Por ejemplo, esa misma semana, Sebastián se enteró que había habido un enamorado, que por estar cortejando a Beatriz, se había despreocupado de su mujer y de sus hijos. Había también otros con técnicas sofisticadas, de esos que portaban "beepers" y la llamaban a la oficina de la escuela con todo tipo de excusas. Como si hubieran hecho falta, más contrincantes, había también un agente de la guardia secreta de Noriega, que la tenía bajo la mirilla. A diario llegaba a la biblioteca, como si anduviera de paso, y se pasaba largos ratos hablando con ella. A Sebastián, en su condición de ayudante de la biblioteca, le sobraban las ganas de sacarlo a empellones, pero el malparido, portaba un pistolón, colt 45, y eso despertaba un gran respeto hacia él. Sebastián no hacía más que gemir un "¡ay Dios mío!", mientras volteaba los ojos de impotencia.

Y como si no hubieran habido bastantes pretendientes, estaban también, los jovencitos, hijos de familias ricas, de esos que vestían pantalones *Jordache*, y *Sergio Valenti,* y calzaban zapatos deportivos marca *puma;* exhibían grandes cadenas de oro y se transportaban en carros propios. Eran esos tipos que se hacen odiar por los jóvenes pobres como Sebastián, porque con sus formas de ser, de actuar, y de mirar a los menos afortunados económicamente parece que dijeran: ¡abajo los pobres! Esos hijos de perras la invitaban al cine, al malecón, y a ver conciertos en bellas artes, mientras que Sebastián no tenía ni carro, ni divisas, ni posibilidades de tener un mejor destino. ¡Que vaina! En esos momentos que reconocía su abismal desventaja a Sebastián le daba deseos de que se lo tragara la tierra.

Los ricos y los militares eran oponentes que, de verdad, preocupaban a Sebastián. A los hijos de papi y de mami, además de la envidia que era natural sentir por ellos, Sebastián les guardaba un repudio adicional. Sabía que tan poderoso caballero es don dinero. Esos mal nacidos (una forma de decir, pues si no hubieran nacido bien, se hubieran muerto), diré entonces, esos hijos de las malas semillas, eran dueños de la mitad del mundo, y amos de la otra mitad. Sebastián no los podía soportar. Con la única excepción de César, que era rico y buena gente, todos eran unos engreídos de mierda. El había visto como las muchachas más hermosas, las más comparonas, y altaneras que había conocido en el Chorrillo, casi siempre, terminaban en las garras de ricos que se las llevaban como si hubieran sido piezas de coleccionar. De ninguna manera quería que sucediera lo mismo con Beatriz. Sabía que es una gran burrada, y una burla para los pobres el cuento ese de que en la viña del Señor todos somos iguales. ¡Hazme el favor! Sabía que en las selvas de cementos, al igual que las junglas forestales, los fuertes no solo sobreviven; se imponen a la fuerza. Sabía que los ricos, son como las jirafas, que siempre se comen las florecitas, y sabía que de no actuar con rapidez y precisión por el amor de Beatriz, pronto de ella no quedaría más que el recuerdo.

En cuanto a los militares, Sebastián les tenía pánico. Había escuchado sobre sus matanzas a lo largo y ancho del país, y había presenciado los incontables abusos de poder con que a diario imponían sus voluntades en el Chorrillo. Esas experiencias lo habían llevado a la conclusión de que no hay nada más peligroso que un individuo autoritario, armado y bruto; sabía que esos atributos combinados suelen ser una combinación letal.

Una tarde de la segunda semana, al salir de la biblioteca, Sebastián notó una movida que no le gustó para nada. Uno de esos bastardos, jóvenes ricos, esperaba a Beatriz cuando ésta salía de la escuela. A unos cuantos pasos de distancias, Sebastián, lo vio echarle un piropo y vio cuando ella le sonrió. Eso le causó una gran preocupación, y como una nube negra de esas que anuncian tormentas, le oscureció el panorama de los planes de Sebastián. Esa tarde fue cuando de verdad él tomó conciencia de que sus rivales eran muchos más aguerridos, más dedicados y no tan cautelosos como él.

No perdió el tiempo. Apresurado, al día siguiente, se compró un par de lentes oscuros, se cortó el pelo, y se dio un peinado, así, como el General. Vistió sus mejores ropas. En la escuela, decidido tomar la delantera. No esperó a que la bibliotecaria le diera las buenas tardes. Cuando esta se le acercó para que firmara su asistencia, le echó una mirada cargada de intenciones. Mirándola por encima de las gafas, como hacen los tipos experimentados en asuntos de faldas, le preguntó:

¿Qué vamos a hacer hoy?

- Depende,- contestó ella.

Como si hubiese necesitado tiempo para organizar una mejor repuesta ella se fue alejando, como un ciclón, que a su paso deja la atmósfera revuelta. En su mesa de trabajo, mientras revisaba uno de los catálogos, y como si de repente se hubiera acordado de Sebastián, le dijo:

"Cuando termines de organizar los libros, si tienes tiempo, puedes ayudarme a sacudirle el polvo a los anaqueles." Él, como si hubiera descubierto algún significado oculto en la palabra "polvo", le contestó, sin dejar de mirarla a los ojos: "*Me encantaría*". En una ocasión en que pudo acercarle le preguntó: ¿te puedo llamar Beatriz? Ella lo miró por encima de sus lentes como diciéndole "*ni te atrevas*".

Sebastián estaba decidido a no desaprovechar los escasos días que le quedaban en compañía de la bibliotecaria.

Superficialmente, la familia de Sebastián daba la impresión de ser una de las familias ricas del barrio en donde vivían. La realidad, por el contrario era otra. Rogelio que era el único con un empleo, ganaba, apenas lo indispensable para vivir. Más aun, la familia se la pasaba ahogada en deudas para mantener cierto estatus en la sociedad. Ser pobre, y desempleado, eran apenas unas de las tantas condiciones que no favorecían a Sebastián. Él sin embargo estaba dispuesto a remover cielo y tierra por ganarse el amor de Beatriz. Haciendo recurso de su experiencia en asuntos de amores (que era muy poca) recordó que es una ley de vida de todo enamorado, controlar los impulsos de mirar de los pies a la cabeza a la mujer que se pretende, para no parecer morboso. Ese era uno de los tantos consejos que le había dado César Ramirez, su amigo, ahora en el extranjero. *"Las mujeres se consiguen hablándoles al oído"* le había dicho César en otra ocasión.

Ese recuerdo llegaba del pasado a socorrerlo en ese momento de apuros. Sebastián se imaginaba al pequeño Saltamontes en la serie de televisión *Kung-fú*. Podía verse a sí mismo como el pequeño aprendiz, del maestro ciego y se imaginaba a César siendo su gran Maestro. Los dos en un palacio perdido del Himalaya, entre nubes humos y rodeados de naturaleza. Se imaginaba a César con los ojos ciegos, perdido en el recuerdo, ofreciéndole consejos sabios, sobre como ligar con las féminas.

Una de las anécdotas que mejor recordaba de su maestro ricachón, fue la historia que éste le había contado sobre una de sus primeras conquistas. Ocurrió que en una ocasión César se había enamorado de una mesera que trabajaba en *El nuevo Milenio*, un restaurante de un pueblito cercano de la casa de los padres de Cesar. Con tal de poder hablarle, aunque fuera unas cuantas palabras, César desayunaba, almorzaba y cenaba en *El Nuevo Milenio*. Al cabo de un mes, perdidamente enamorado de la mesera, no había logrado que ésta le diera ni las buenas noches. Sentado, con su infinita calma, esperaba a que su morena de piernas largas y pecho voluptuoso se acercara a tomar la orden para lanzarle ráfagas de piropos, que aunque certeros, no hacían ningún impacto. Había invertido ya un largo tiempo, sin ningún resultado, y estaba a punto de tirar la toalla, y resignarse a la derrota. Estaba al borde de la desesperanza, por no haber obtenido de ella ni una sonrisa piadosa. Uno de sus amigos al verlo desconsolado le aconsejó, que en un descuido de la mesera, le dijera un murmullo en los oídos. –"Dile, lo que sea", le dijeron, -"pero díselo al oído, y notarás la diferencia."

Al día siguiente, sólo por tratar cualquier cosa, César llamó a la mesera. Le indicó que tenía algo urgente que contarle. Esta se acercó para saber que pasaba y él, rozándole el pabellón de la oreja con la punta de su nariz, le susurró: "préstame dos balboas". Ella sacó dos billetes arrugados, del delantal, y se los entregó, y eso fue todo. Pero ese anochecer, cuando César se marchaba, desilusionado, como siempre, la mesera le pidió que la esperara unos minutos más, porque ese día terminaría un poco más temprano; ese fue el principio de una larga e inolvidable noche de amor.

Ahora, recordando el anécdota de su maestro, Sebastián supo que debía encontrar la oportunidad, para decirle un secreto a Beatriz. Al siguiente día, llegó a la biblioteca sin causar distracciones. Como sabía cuál era su asignación, no quiso hacer el ridículo haciendo preguntas innecesarias. Llegó hasta el anaquel de libros que no pudo terminar de organizar la tarde anterior, y continuó su callada labor, tratando de aparentar uno de esos tipos que se motivan a hacer las cosas por puro amor al prójimo. Claro, eso era un esfuerzo en vano, pues un león con la melena afeitada no deja de lucir peligroso. Con ese recorte de rapero que se había dado, una camisa

Hawaiana, y unos pantalones de fuerte azul ajustado; más que una mansa paloma, Sebastián parecía una serpiente discreta. Con los ojos ocultos detrás de sus lentes oscuros, no le quitaba la mirada de encima a la bibliotecaria, y como un cazador furtivo, que planea una emboscada, vigilaba sus movimientos esperando el momento preciso para lanzar su fulminante plan.

Ella estaba como distraída. Solo metros de distancia separaba al uno del otro, sin embargo, Beatriz tenían la mente en otro lugar. Era como si hubiera estado cohabitando un planeta en una lejana galaxia. Pasó casi media hora concentrada, sabe Dios en que cosa, y cuando por fin se dignó a mirar a donde estaba Sebastián, era como si hubiera despertado de un sueño. Él la llamó con el dedo. Ella al verlo tan cauteloso no supo que pensar, y le preguntó:

"¿Qué te sucede?" Estás muy callado."

El encontró allí la oportunidad que buscaba, se le acercó, casi tocándole la mejilla con los lentes y le dijo en forma de secreto: "estoy pensando, que me gustaría estar aquí toda una vida".

"¿Eso es todo?" -dijo ella, casi como un lamento,

"Ya mismo hablo con el director, para que te puedas quedar más tiempo. Van a necesitar mucha ayuda." El hecho de que ella dijera "van a necesitar" en lugar de "vamos a necesitar" mucha ayuda, no fue razón para que Sebastián advirtiera un mensaje indirecto; él estaba tan feliz que no se percató de nada.

El tiempo que restaba a la tarde transcurrió sin que Beatriz mostrara la mínima señal de estar bajo un hechizo de amor, ni de nada parecido.

Aunque solo quedaban ya minutos para terminar, y su famoso sortilegio no había causado ningún efecto, Sebastián continuaba positivo. Recordaba la seguridad con que César había pronosticado dicho embrujo, y no tenía razones para dudar de su amigo. Esperaba que en cualquier momento Beatriz se le acercara ardiendo de deseos por él. A veces entre los anaqueles, al oír que ella se aproximaba en busca de algún volumen, Sebastián cerraba los ojos y se decía: "¡ya, ahí viene!" Esperaba el momento en que ella se le acercara, y le rogara un beso a escondidas, o algo parecido, pero nada ocurría. Al final, cuando uno de los conserjes le informó que era hora de cerrar, y que por tanto sólo la bibliotecaria podía permanecer en el local, una gran pesadumbre se apoderó de él. Camino al autobús, sentía larvas de incertidumbres alimentándose de su esperanza muerta.

Como la estación del transporte público estaba a una corta distancia de la biblioteca, Sebastián, ni se percató de lo rápido que había llegado. Mientras los autobuses continuaban pasando, Sebastián comprendió, que aunque sin razón, mantenía vivo sedimentos de esperanzas. Dejó pasar tres autobuses casi vacíos, de esos que transitaban por su barrio, mientras esperaba un milagro. Con un optimismo, que ya rayaba en la demencia, se empeñó en pensar que todo saldría como lo había planeado. Era tan absurda su forma de pensar, que hasta se imaginaba el resultado prodigioso de ese encanto. Podía imaginarse a Beatriz retorciéndose de deseos por dentro. Se la figuraba, como en una telenovela romántica, al salir de la biblioteca, cuando esta se le derritiera de amor entre sus brazos. A medida que esperaba en la estación, su corazón acelerado marcaba los segundos con unos latidos apresurados. Pensaba como alguien a quien se le ha aguado lo sesos. Le dio por ocurrírsele que cuando ella lo viera esperando el autobús, se le acercaría para pedirle el favor de ayudarla con los libros, o con la cartera, que de repente se había hecho demasiado pesada. Él, por supuesto, le respondería con un: "sus deseos, para mí son órdenes", y los dos se irían calle arriba, caminando despreocupados del resto del mundo. Se imaginaba a los dos llegando al vecindario. Por supuesto que no habría nadie en la casa de Beatriz. Vislumbraba su alegría, cuando ella lo invitara para que la acompañara hasta la puerta de su casa. Luego, al despedirse, ella lo invitaría a entrar, y detrás de esa puerta cerrada, ella sin dejar de mirarlo a los ojos, se quitaría sus pequeños lentes, le quitaría los suyos, y como una fiera desesperada, se arrancaría las ropas y le arrancaría las suyas. Los dos, víctimas de la urgencia de sus cuerpos, por un deseo carnal desesperado, se enredarían en un cuerpo a cuerpo fiero. ¡Basta de imaginación! ¡Ahí viene Beatriz, y hay que actuar con cautela!

Tal y como se lo había imaginado, la puerta de la biblioteca se abrió de repente para permitir la salida a Beatriz. Aunque eran ya las horas del atardecer, el calor no había mermado y, no tanto por verse coqueta, como por sobrevivir a la alta temperatura, ella se había hecho un moño atravesado por un lápiz. El la vio llegar destellando su hermosura bajo la luz dorada del atardecer, y no podía controlar el impulso de decirse: "¡Dios mío!, ¿que se sentirá tenerla desnuda en una habitación cerrada?" Su belleza era la de una diosa, es más, Venus ante ella se hubiese sentido humillada.

Para parecer que continuaba allí, como por casualidad, Sebastián fingió leer un pliegue de periódico que tenía a mano. Pero la buena fortuna de los pobres es una estrella fugaz. En el preciso momento, que pensaba acercársele, un hermoso auto BMW blanco, con los cristales ahumados, y con la radio a todo volumen, se detuvo frente a ella. Sebastián reconoció al conductor; era el mismo tipo que días antes la había piropeado. ¡Híjo de puta! Con esa espontánea cortesía de que son capaces los hombres enamorados, le abrió la puerta del auto, y en un santiamén, auto, conductor y bibliotecaria desaparecieron en la distancia. Segundos después, continuaba flotando la nube de polvo, y el reguero de música que quedó en el aire y que decía: "¡*Tumba la Casa, tumba la casa, tumba la casa, tumba la casa!*"

Segunda Parte

La tarde que Beatriz se marchó con su enamorado, Sebastián se sintió el más miserable, el más humillado, el más despreciado, el más desgraciado, y el más imbécil de todos los humanos. El coraje le hervir por dentro, y le despertaba insaciable deseo de cometer una barbaridad; algo destructivo e impredecible. Como él había sido un fanático acérrimo de los libros de dibujos animados, no se hubiera sorprendido si de la ira le hubieran salido llamas por los oídos, o que el calentamiento de su cuerpo le hubiera producido daños cerebrales irreversibles que lo hubieran dejado mongo y baboso. Esa última observación la consideraba como una posibilidad remota, pues calamidades de esas que dejan a uno hecho un desvalido, son cosas que solo les ocurren a los adultos y a los viejos. Aun así, el deseo de quedarse hecho un desahuciado por el resto de su vida era una dulce obsesión; una fascinación demente, pues sabía que esa hubiese sido el remedio perfecto para nunca más tener que pensar en Beatriz.

A medida que se alejaba de la escuela por una de las calles solitarias de ciudad Panamá, le rogaba a Dios con devoción, que lo ayudara a vengarse de esa humillación. Hirviendo de rabia, rumiaba todas las malas palabras que había escuchado en el transcurso de su vida, y que nunca había usado. Ahora que las oía con esa voz interna y soberbia que le otorgaba el coraje les parecían imponentes, desafiantes y perversas plegarias dirigidas al dios de la venganza. Sentía que esas evasiones eran como un alivio redentor, que aunque no eran suficientes para apaciguar la llama de odio que lo consumía por dentro, hacían la vida, parcialmente soportable. Con la misma ansiedad, que un guerrero a punto de ser derrotado implora al cielo una legión de ángeles o de demonios para que lo socorran, así Sebastián escudriñaba el firmamento tratando de divisar en las nubes coloradas del atardecer los primeros indicios de una tormenta de rayos y centellas que redimirían su honor. Deseaba que un rayo pulverizada a Beatriz y a su novio. Quería ver muertos a ese par de mal nacidos. Anhelaba con una locura desenfrenada ver la gran centella vengadora dibujarse en el cielo como una inmensa raíz de fuego que atravesaría el infinito y llegaría de las alturas en busca de Beatriz. "¡Dame fuego Señor, dame fuego!" decía con un fanatismo demente, que más que de un enamorado humillado, parecía ser el de un cristiano nuevo. "¡Dame fuego, dame, dame fuego!" Continuaba él diciendo, como inspirado en una canción de Sandro. Si es que no puedes, porque hasta tú tienes tus limitaciones, ¡Por lo menos Señor dame fuerza para vivir y poder matarlos! ¡Por lo menos señor, dame el rayo de la esperanza de saber que podre vengar esta humillación!

No era que Sebastián creyera en la existencia de un ser omnipotente, omnisciente y divino. El era un cristiano común de esos que se agarran de Dios de la misma forma que el sobreviviente de un naufragio se aferra a un salvavidas: solo en casos de extrema urgencia. Sabía rezar algunas oraciones sueltas que había aprendido del rosario, los sábados de catecismo, y durante los pocos domingos en que había ido a misa. Sin embargo, se negaba a repetirlas pues les parecían ridículas evocaciones de limosneros. Las oraciones que él conocía de memoria eran plegarias de esas que siempre comienzan con un: "te pedimos Señor," un "te suplicamos Señor," o un "te rogamos señor." Siempre que por complacer a su madre, o a algún vecino devoto del catolicismo, Sebastián participaba en unas de esas ceremonias religiosas, había tenido el presentimiento de estar perdiendo el tiempo rodeado de tontos. En esas ocasiones disimulaba rezar moviendo los labios, pero con el rostro inmutado, como quien está siendo víctima de un secreto suplicio. Absorto, escuchaba el abejeo de los rezos de los feligreses pidiéndole al Señor todo tipo de cosas, y poco le faltaba para que se pusiera de pies y saliera de allí a largos trancos. Aunque aguantaba esa tortura, no podía dejar de mirar con ojos energúmenos y de decirse para sus adentros: "¡por favor!"

Los escuchaba rogando: fuerza para luchar; sabiduría para enfrentar los desafíos de la vida, un corazón generoso para amar al próximo como así mismo, serenidad para enfrentar al iracundo, valor en los momentos de flaqueza. Le pedían el famoso Pan de cada día, que los librara de todo mal, que los protegiera del Enemigo malo (¿A caso hay enemigos buenos?), que les proporcionara paz, fortunas, bendición, bla bla bla... Les daba pena esa pobre gente, y escuchaba dichas oraciones de la mima forma que un sordo aprecia una sinfonía. Pensaba en las cosas provechosas que se podían hacer, en lugar de perder el tiempo. En otras ocasiones en medio de un rosario, se aburría grandemente, y se quedaba dormido. Incluso, había habido noches en que durante el rosario se había dormido tan profundamente, que Tomasina tenía que despertarlo dándole una palmadita en la mejilla.

Después de haber vivido gran parte de su vida en el Chorrillo entre pordioseros y necesitados, le resultaba, simplemente, inaceptable eso de pedir, y suplicar, aunque fuera al mismo Dios. Eso sin embargo, no significaba que él blasfemara contra las Santas Escrituras. A decir verdad, el no estaba de un todo seguro si el Caballero de allá arriba de verdad existía o no. Así que, como un buen cristiano, solo consideraba la existencia de Dios cuando le convenía. Incluso, a veces, él hacía exclamaciones como: "¡ay Dios!", y ante cualquier plan, siempre decía un "si Dios quiere." Más aun, ahora esperaba que de alguna forma esas expresiones le sirvieran como un pequeño puente de enlace para no ser un completo extraño, en caso de necesitar una intervención divina.

Ahora, por ejemplo, que estaba montado en cólera, le parecía aun más absurdo suplicarle a Dios, porqué, carajo, cuando se tiene coraje no se ruega; se ordena, se reclama se exige, y si no escuchan a uno, entonces que se vallan todos al diablo. Como un león herido, que se vuelve aun más peligroso al ver correr su propia sangre, así estaba él, cortado por el filo del despecho. Buscaba con desespero el rayo vengador de su anhelo, y hasta se imaginaba el Szzzz del impacto, que alcanzaría a Beatriz para electrocutarla al instante. Estaba seguro que al verla agonizando, con la vida escapándosele a chorros por la herida mortal, hubiera exclamado muerto de contento: "¡Dios mío, se hizo justicia!" "¡Que maravilla!" Se la imaginaba moribunda, viendo su vida alejarse, como una piedra ve al río pasar (licencia poética, pues que se sepa, las piedras no ven). Se la imaginaba triste y desamparada, con los ojos vidriosos por el navajazo de la muerte. De seguro que al verla tirada en el suelo atrapada entre las uñas de la muerte hubiera emitido una carcajada de científico loco y hubiera gritado muerto de contento: "¡Madre mía, la venganza es dulce!"

Ese enojo, sin embargo fue fugaz, como breve fue esa tarde. Y al cabo de minutos de iras su mal humor fue mermando, y perdiendo intensidad hasta que se perdió en la nada, como el viento que al soplar desaparece. Ahora que lo pensaba bien, se imaginaba a la hermosa Beatriz, al borde de la muerte, y se le enfrió el alma de solo pensarlo. ¡Que cosa más atroz, se decía! ¿A quién se lo ocurre semejante barbaridad? Entonces se veía así mismo ante una Beatriz casi muerta. Se figuraba arrodillado ante ella, acariciándole el rostro con ternura, y con lágrimas en los ojos diciéndole: "no te preocupes mi vida, yo estoy aquí para protegerte." Se imaginaba secándole las lágrimas con las manos temblorosas, abrumadas de ternura, y susurrándole al oído: "yo estoy aquí a tu lado para cuidarte vida mía". Se conmovía grandemente de solo pensar en ese infortunio. Ahora se reprochaba el haber sido capaz de desearle ese mal a una mujer tan hermosa. Se arrepentía de haber deseado lo peor para ella, y con el mismo fervor con que había rogado a Dios que la destrozara con un rayo vengador, ahora le pedía al creador algo así como un: "olvídate de lo que dije; eso es algo que pertenece al pasado".

Lo que son las coincidencias. Escuchó truenos lejanos en la distancia anunciando tormentas. Pronto el cielo de Ciudad Panamá se cubrió de nubes bajas y espesas. La lluvia no se hizo esperar. El aguacero que cayó, lo sorprendió cuando todavía estaba lejos de llegar a su casa.

Cuando niño, en el catecismo, a Sebastián le habían hablado de en un creador que semejaba a un anciano barbudo de tez blanca, parecido a Charles Darwin, quien podía ser digno de piedad, y compasivo con los más necesitados, aunque también era caprichoso, vengativo, egoísta, temperamental, y acomplejado. Como era un Dios, cuyas acciones eran difíciles de predecir, ahora en medio del aguacero, Sebastián se preocupaba al pensar que al creador podía antojársele darle una taza de su propio chocolate. Ante el temor de que un rayo lo pudiera impactar a él, sentía urgencias de orar, y exclamar: "¡No te enojes Señor, no te enojes! ¡Por Dios Señor no relajes! No oigas las malas intenciones de éste pecador que no sabe lo que hace. ¡Calma tu sed venganza señor de la misma forma que se calmó la mía!"

Quizás fue el cambio de la temperatura, tal vez fue la llegada de la calma de la noche, o pudo ser el simple hecho de que no es verdad que el tiempo lo cura todo, pero lo que si ocurrió es que con el paso de las horas el dolor que le causó ese despreció volvió a regresar, ahora transformado en una depresión devastadora. No probó la cena. No habló con nadie, y se dejó caer en la cama, como un moribundo se arroja a su tumba. Se sentía amargamente desgraciado, y no pudo dormir en toda la noche. Consideró el suicidio en más de una ocasión; pero no tuvo la fuerza suficiente para llegar al baño, y tomarse un frasco de arsénico que encontraron cuando se mudaron, a esa casa, y que nadie se había tomado la molestia de echar a la basura. Pensó tantas cosas durante el transcurso de esa noche, que cuando finalmente en el horizonte aparecieron los primeros hilos dorados del amanecer, se quedó dormido. Soñó que vivían nuevamente en el Chorrillo y que iba camino a la escuela. Era la misma escuela de las Bóvedas, el mismo edificio, los mismos maestros, las mismas asignaturas, la misma biblioteca. La biblioteca le trajo, irremediablemente, a la memoria el nombre de Beatriz, y recordó que ella tenía intenciones de marcharse con su novio. Tal vez podía evitarlo. Le confesaría que la quería con un amor desesperado; que ella era su único anhelo. Haría hasta lo imposible para que no se fuera. Tomaría un taxi para llegar cuanto antes, pero no había un solo auto en las calles, y los autobuses extrañamente, no

estaban transitando. Iría corriendo a la estación del
autobús antes que Beatriz se marchara nuevamente.
A lo lejos podía verla saliendo a la calle y podía
ver el auto de su desgracia aproximarse. Él trataba
de correr a toda prisa pero sus pasos no eran tan
rápido como él hubiera deseado. Más bien parecía
que estuviera corriendo en cámara lenta. La
llamaba, y le gritaba como un loco: "¡Beatriz no te
vayas!". Y le decía a toda voz: "eres vida mía todo lo
que tengo, el mar que me baña, la luz que me guía,
eres la morada que habito y si tú te vas, ya no me
queda nada. Si tú te vas, mi corazón se morirá. ¡No
te vayas!"

Cuando se despertó, en la radio, Juan Luis
Guerra y el grupo 4:40 cantaba *Si tú te vas*.
Comprendió que la lírica de esa canción había sido
la inspiración del sueño. (Con razón había sido tan
versátil). Lloraba, unas lágrimas amargas, como
es el llanto del desamor, y por la humedad que
evidenciaba su almohada supo que había llorado
durante un largo rato. Después de cerciorarse que no
había nadie en el pasillo, cruzó de puntillas la sala, y
entró al baño, en donde disimuló el llanto lavándose
la cara. Con una modorra brutal volvió a la escuela,
no sin antes ponerse las gafas oscuras, por si acaso
se le escapaba una lagrimita.

No fue necesario que de forma indiscreta se
hubiera aventurado a saber si Beatriz estaba en el
plantel. Como murciélagos extraviados que vuelan
en medio del día tropezándose con las paredes, así
volaban por todas partes y chocaban en los oídos
de Sebastián los rumores de que la bibliotecaria
se había escapado con su novio para Nueva York.

Como si todos hubieran estado mintiendo, y hubieran estado formulando una conspiración general para martirizarlo, Sebastián se resistía a creerlo, y como para convencerse de lo contrario llegó hasta la biblioteca. Las luces estaban apagadas, la puerta clausurada, y colgando de la empuñadura, había un letrero que anunciaba "cerrada hasta nuevo aviso" Entonces, no tuvo otra opción que aceptar que Beatriz se había marchado.

De vuelta a casa se detuvo un instante frente a la casa de Beatriz fingiendo estar concentrado leyendo el periódico. Como las persianas estaban abiertas supuso que la casa no estaba sola. Se armó de valor, tocó a la puerta y al tercer timbrazo un hombre, despeinado, con grandes ojeras, y de mal humor le abrió la puerta. Este le informó que Beatriz no estaba en casa y que no sabía cuando regresaría; le cerró la puerta en la cara.

Con el corazón destrozado, un par de pasos después llegó a su casa, y al cerrar la puerta del patio vio un elegante auto que se había estacionado frente a la casa de Beatriz. Vio salir de él a un hombre y a una mujer, y una vez más miró al señor de aspecto trasnochado, que los recibió sin ganas. Supuso que eran los padres de Beatriz, y que quien abrió la puerta podía ser el mayor domo. Impulsado por un incontrolable deseo de saber algo sobre ella, se mantuvo un instante en el patio de su casa, fingiendo estar ocupado, observando algo en el periódico. Luego, desde el patio trasero pudo escuchar fracciones de conversaciones, que no sirvieron de nada, aunque sí reconoció los inequívocos suspiros de llantos con que una mujer se lamentaba de alguna desgracia. Dejándose guiar por ese llanto, Sebastián pudo deducir que era la madre de Beatriz llorando de frustración por la escapada de su hija.

A partir de esa tarde Sebastián vivió semanas de martirios. Se encerró en su cuarto y no quería hablar con nadie, ni saber de nada. Su habitación se convirtió en el calabozo de su prisión voluntaria. Quizás era para consolarse, o tal vez por martirizarse reviviendo la pena del desamor, pero la verdad fue que encerrado, lejos de todos, tocaba la guitarra día y noche, con una voz que daba lástima escuchar. Con la voz quebrada, como quien está a punto de llorar, cantaba canciones de amores heridos por la flecha del desprecio. Cantaba canciones como: "Ahora que te has ido" de Jose Luis Perales; "Como tú" de Julio Iglesias, "Si me dejas ahora" de Basilio, "Algo de mí se va muriendo de" Camilo Sesto, y "Penas" de Sandro.

Ustedes lectores, sin son hombres, comprenderán lo embarazoso que es para los varones esos cambios de voces durante la pubertad. Ustedes amigas féminas, que de seguro se han reído de algún pretendiente iluminado de amor, a quien le salió un gritito en el momento menos esperado, podrán imaginarse la voz de Sebastián durante esos días. Así que además de su voz quebrantada por la pubertad, imagínense que también estaba agobiado por el mal de amores. A veces en medio de una canción le brotaban unos gallos que eran capaces de romper cristales.

Durante su segunda semana de dolor, mientras le cantaba a la noche eterna buscando en el infinito algún consuelo, recordó que alguna vez había escuchado que las estrellas sirven para comunicar mensajes a seres queridos que están lejos. Así que a partir de entonces se dispuso a dormir durante el día y cantar por las noches. Como un perro que le ladra a la luna, le cantaba y le cantaba a las estrellas la angustia que lo estaba matando. Pensaba que le hubiera bastado con que Beatriz mirara el mismo lucero al que él le estaba cantando, para que ella pudiera comprender su gran dolor. Estaba seguro que si a ella le hubiera llegado, aun que hubiera sido el eco de su pena, compadecida de su gran dolor, hubiera vuelto a su lado. Fueron tantas las serenatas que le cantó a la Vía Láctea, que los vecinos desesperados de tanto amor, lo maldecían y le llamaban la policía, pero ¿Qué va hacer la policía en barrio de ricos?, hazme el favor. Muchos que sintieron compasión por él, y otros que tenían mucha paciencia, lo escuchaban hasta quedarse dormidos. Había los que acostumbrados a escucharlo después de varias noches, llegaron a decir que su voz melancólica se les parecía a la de Basilio Alexander, de quien se decía que tenía una voz de terciopelo.

No volvió a la escuela pues pensaba que su dolor sólo se agudizaría al ver los lugares por donde Beatriz había estado. Perdió el apetito, y adelgazó considerablemente. Como por esos años el SIDA era la enfermedad de moda, algunos llegaron a creer que él estaba contagiado y al borde de la muerte. En unas cuantas ocasiones, por las noches, cuando todos dormían, salió como un triste fantasma sale a desandar los pasos. Sin darse ni cuenta atravesaba los barrios más peligrosos de Ciudad Panamá. De todos, el más peligroso era el Chorrillo, pero en esa zona de guerra, muchos lo conocían. Los que no sabían quién él era, porque Sebastián había crecido muy rápido, y continuaba creciendo como el que crece crece crece el extra largo Canilla, al verlo con la mente perdida por los senderos perdidos de su mundo raro, se compadecían de él, pues sabían que tan difícil puede ser la vida de los adolescentes. Otros, simplemente le cedían el paso, pues temían que a su paso camino a la tumba, él los infectara a ellos también. Regresaba a casa en medio de la noche. Se tiraba en la cama, y la luz del nuevo día le sorprendía sin pegar un ojo.

Habían pasado semanas desde la fuga de Beatriz, y el sueño nocturno de Sebastián continuaba siendo un amigo irreconciliable. Paula, quien era su única confidente, preocupada por esa larga depresión, le confesó a Rogelio y luego a Tomasina el motivo de esa tristeza que estaba matando a Sebastián. Él continuaba encerrado en su cuarto llorando como un niño, y cantando canciones desesperadas. Rogelio, quien secretamente, se compadecía de él, pues también había sufrido a consecuencias del mal de amores, le prestó una recopilación de discos antiguos que eran como paños de lágrimas. Eran los famosos LPs, que asemejaban tortas de casabe envueltas en papel de celofán, pero que habían sido muy bien preservados contra el moho del tiempo. Fue a través de esas grabaciones que Sebastián aprendió las canciones de amargues de Odilio Gonzalez, de Julio Jaramillo, y los boleros de Manzanero. Luego descubrió a los Panchos, al Trío

Vegabajeño, al Dúo Irizarri de Córdoba, y a Olimpo Cárdenas.

Aunque agradecía las canciones que Rogelio le prestaba, Sebastián era renuente a sus consejos. De igual manera, fueron ineficaces las súplicas de Tomasina, y las adulaciones de Paula. Sebastián quería que lo dejaran en paz. Quería seguir durmiendo y cantando toda una vida para ver si así podía deshacerse de ese dolor que se lo estaba comiendo vivo. Pensaba cantar sin parar, hasta poder olvidar esa gran pérdida, o a esa gran perdida (el acento era lo de menos).

Los días pasaban largos, y lentos, como viejos trenes de carga que dejan el atmosfera empañada por un humo negro, y uno tiene el presentimiento de estar viviendo una experiencia que ya le ha ocurrido a nuestros abuelos. Aunque con esas grandes dormidas diarias Sebastián descansaba el cuerpo, él continuaba con el alma estropeada. No había forma de convencerlo para que se levantara. En una ocasión, después de días de insistir, para que abandonara el cuarto, Tomasina perdió la paciencia y juró que lo dejaría solo para que sufriera a su antojo, "para que te mueras del gusto" -le dijo ella. Ante semejante postración, sin embargo, ella se compadecía, y tres veces al día le llevaba un plato de comida caliente que le dejaba frente a la puerta del cuarto. El decía que se levantaría en un par de minutos. "Quiero dormir media hora más, y ya, me levanto." Ella lo dejaba dormir a su antojo, y horas después encontraba los alimentos intactos, y fríos. Rogelio atormentado con las insistencias de Tomasina para que hiciera algo al respecto, viajó al oeste del país, hasta la ciudad de Colón y contrató los servicios de un brujo, quien según le habían contado, mediante una limpia espiritual podía otorgarle suerte al más salao. Ese intento, al igual que los consejos, de Rogelio, las súplicas de Tomasina, y los juegos de palabras de Paula, no tuvieron ningún efecto.

Intentando recobrar fuerzas, quizás para continuar batallando contra el desánimo de Sebastián, Tomasina le confesó a un médico amigo de la familia, que a ella le faltaban las fuerzas, que había adelgazado considerablemente, que le dolía cuando iba al retrete, y le contó sobre otras dolencias que últimamente la estaban aquejando. El médico amigo, antes de confesarle su sospecha, le aconsejo visitara la oficina médica de un colega suyo, quien a su vez le hizo una cita en el hospital, y en donde la diagnosticaron con un cáncer uterino terminal.

Así, como sin anunciarse llega un pariente lejano a quien no se le puede echar a la calle, así de inesperado llegó el mes de diciembre. En la televisión, en la radio, en las tiendas y por donde quiera se escuchaban los villancicos navideños. En la casa de los Mogollón, nadie estaba en condiciones de celebrar nada. Rogelio estaba con el humor revuelto. Le cerraba la puerta en la cara a los belicosos que insistían en entrar a cantarle un aguinaldo navideño a fuerza de guitarras, maracas y panderetas.

La enfermedad de Tomasina vistió la casa de tristeza, y transformó al resto de la familia. Rogelio, quien tenía buenas relaciones con su jefe, solicitó una jubilación temprana, que fue aprobada sin mayores inconvenientes. Se dedicó por entero a atender las necesidades de su esposa. No le permitía que entrara a la cocina, ni para que le diera el visto bueno de cómo estaba quedando el guisado. Como en una escena de telenovela, le llevaba el desayuno a la cama, se acostaba con ella a ver la televisión, la llevaba a caminar por el parque, y los domingos la acompañaba a la iglesia.

Paula se volvió menos noviera y más estudiosa. Ayudaba a su padre con el desorden de la cocina y la limpieza de la casa, y rara vez contestaba el teléfono. Dedicó más tiempo a estudiar, a tocar el saxofón y ayudaba a llevar las cuentas de la casa. En ocasiones, para espantar a la diosa silenciosa de la melancolía, que como una sombra se deslizaba por los pasillos, y se posaba en los aposentos, Paula tocaba en el saxofón canciones alegres que por un instante hacían olvidar la pena. Fue precisamente, en una de esas tardes de música, en que Tomasina estuvo de tan buen humor, que sintió nostalgia por el pasado, y le despertó un gran deseo de caminar por los callejones empobrecidos del Chorrillo. Le dio por recordar a una tía, a una hermana, a un compadre y a sus antiguos vecinos que todavía vivían allí. Le pidió a Rogelio que la acompañara a visitarlos. Después de varios intentos fallidos de llamadas telefónicas, finalmente pudieron hablar con Luis el ingeniero, y acordaron hacerle la visita, el miércoles 17 de diciembre.

Ante la gravedad de la enfermedad de Tomasina, las dolencias de Sebastián pasaron a un segundo plano, excepto para Paula, que continuaba diciéndole cosas como: "Seba, no estés tristes, tú eres mi héroe" y "Seba, escúchame, te habla la voz de la experiencia, tú eres un papasote, y éste país lo que más tiene es, muchachas bonitas". Una tarde que Sebastián escuchó un completo silencio en la casa, abandonó el cuarto para ir al baño, al regresar se olvidó de pasarle el pestillo a la puerta. Cuando se echó en la cama, dispuesto a entonar una canción, se quedó profundamente dormido. Durmió hasta las primeras horas del anochecer, y cuando se despertó vio que Paula estaba acostada a su lado leyendo un libro sobre música gregoriana.

y cuando se despertó vio que Paula estaba acostada a su lado leyendo un libro sobre música gregoriana.

Ella comenzó alisándole el pelo con la mano, como cuando eran chicos. Con lágrimas en los ojos por la nostalgia, y luego muerta de risa, le recordó las incontables travesuras que habían cometido. Le recordó, como entre los dos habían inventado un lenguaje para burlarse de los adultos. Le recordó de la vez que jugando a ser exploradores encendieron una fogata debajo de la cama, y por poco queman la casa. Le recordó como los dos usaban las bacinillas a modo de cascos protectores jugando a los policías rompe huelgas; y le recordó la ocasión cuando, jugando a ser doctores, le inyectaron yodo a una gallina, que se cayó muerta al instante. Como dos ancianos que reviven viejas nostalgias para soportar los momentos adversos del presente, se alejaron por la ruta del recuerdo reviviendo momentos felices de una niñez que, aunque reciente, era recordada como una serie de vivencias ocurridas en otros siglos. Fueron tantos los recuerdos y las anécdotas que extrajeron del pasado, que al final se quedaron dormidos. En otras circunstancias, Tomasina hubiera reprendido a Paula por ese descuido, pues aun en las familias más decentes, no era bien visto que una chica se acueste con su hermano en la misma cama. Pero Sebastián estaba en un estado lamentable, y como si hubiera sido poco, la fuerza de Tomasina había aminorado considerablemente durante esos días. Así que se hizo la de la vista gorda.

Cuando Paula se despertó, ya estaba bien entrada la noche. Como estaba todo a oscuras, casi le da un infarto del susto. Por un instante llegó a pensar que se había quedado dormida en el cuarto de un hotel con uno de sus novios, y que le había sorprendido la noche. En la mesita del cuarto, el reloj indicaba que eran las 9:25 PM. La luz del farol de la calle que, entraba por la ventana, fue haciendo familiar los alrededores, y Paula regresó a la realidad. Estaban abrazados, como dos amantes, y cuando con todo el cuidado del mundo ella pudo soltarse de los brazos de su hermano, éste desde la profundidad de su sueño, como si hubiera estado hablando con el recuerdo de Beatriz le regó: "no te vayas, mi amor".

Dicen por ahí que si una gota de agua cayera de forma constante sobre una piedra, al cabo de cien años le haría un hoyo. No sé quien a tenido la paciencia de sentarse a esperar ese resultado, pero verdad o mentira, eso es lo que dice la gente. Tanto fueron las súplicas de Tomasina para que Sebastián se levantara, los consejos sabios de Rogelio, y las insistencias de Paula, que a la mañana siguiente de esa noche en que se durmió abrazado de su hermana, Sebastián se despertó pensando de un modo diferente. Quizás fue la queja de su cuerpo que después de tanto estar acostado le dijo: ¡no más!, o tal vez fue el hecho de que pudo presentir el susurro de los aleteos del ángel de la muerte rondando sobre su familia, pero lo cierto fue que esa mañana Sebastián despertó pensando en todos, menos en Beatriz.

Pensó en Rogelio y se lo imaginó a mediados de los sesenta, cuando pocos los conocían como Rogelio y le decían "El Relámpago Mogollón". Eran entonces los días de gloria de su padre, quien se había destacado en la escuela en las competencias de campo y pista. Había participado en cuantas carreras hubo en Ciudad Panamá y en todas ganó el primer lugar. Pero claro, para que un hombre negro y pobre pueda abrirse camino en el ingenio de los blancos, primero tiene que cortar muchas cañas. Bueno, el no cortaba caña, ni trabaja en un ingenio, pero la idea es esa. Como les decía, siendo un jovencito Rogelio había roto cuantas marcas de carreras había en el país. Aun así, los promotores de deporte miraban para otro lado para no darle una oportunidad. Pero tanto dio la gota de agua sobre la piedra (y seguimos con la misma piedra y el mismo hoyo), que no tuvieron otra opción que reconocer su talento. Eso ocurrió en el centro olímpico de Ciudad Panamá, en donde corrió los 100 metros en 9.50 segundos; una velocidad jamás antes vista. A partir de ese momento se le abrieron los ojos a los avaros, se interesaron los poderosos, y los promotores de deportes comenzaron a ver en Rogelio un gran símbolo negro de dinero.

Los días afortunados de Rogelio fueron breves, como los aguaceros con el sol afuera. Pero como diría el descuartizador: "vamos por partes." Ese mismo año, la comisión de deportes seleccionó a Rogelio Mogollón para representar al país en la olimpiada del año 1968. De repente un don nadie, se habían convertido en la esperanza de Panamá. El país entero estaba seguro de que obtendría medalla de oro en campo y pista. Nombres como el Relámpago Mogollón, el Relámpago de Panamá, la Saeta Negra, la Esperanza de Panamá y la Esperanza negra, fueron solo algunos de los tantos apodos con que lo llamaban. Su promotor estaba en el proceso de firmar un contrato para un comercial para la compañía Coca-Cola. Ese mismo año, lo contrataron para que hiciera un comercial de cigarrillos, y en las cercanías del centro olímpico, montaron un cartelón gigantesco con una foto suya, con una sonrisa en los labios y con un cigarrillo entre los dedos, que anunciaba: "Así es el mundo Marlboro".

La suerte dura poco en la casa del pobre. Una mala mañana en el barrio del Chorrillo, una pareja de amantes que se peleaba, se lanzaba cuantos objetos encontraba a su alcance. Entre las cosas que salieron como misiles disparados por la ventana, estaban cuatro perchas, un collar de perlas falsas, una plancha, General Electric, y un zapato de mujer que cayó en la acera y que hubiera quedado abandonado, quien sabe por qué tiempo. No fue así, sin embargo. Un instante más tarde Rogelio (perdón) El Relámpago Mogollón, leía muy atento, el periódico, mientras caminaba por la acera. No dejaba de admirar una foto suya en plena competencia, que anunciaba: "Rogelio Mogollón la esperanza negra." Soñando con los laureles del triunfo de su arrolladora victoria en las futuras olimpiadas, seguramente hasta se decía: "yo soy un león, una fiera sedienta de victorias." Estaba tan concentrado, que no vio las perchas en la acera. Se enredó los pies y casi se cae, sin embargo, dio un salto de tigre, y al pisar de nuevo, cayó sobre el zapato. Casi pierde el balance pero se mantuvo de pie. Pensó: "solo es una pequeña torcedura, nada más". El dolor que le causó el impacto al caer fue una molestia insignificante. Esa pequeña pena pasó desapercibida durante los primeros minutos, pero en horas de la tarde, era ya un fastidio al caminar. Cuando El Relámpago Mogollón notó que el tobillo derecho le había crecido casi el doble de su grosor normal, asustado, consultó a su entrenador. Éste lamentó el accidente, y lo consoló diciéndole que no se preocupara, que sería un asunto de días para que estuviera recuperado de un todo. Mientras tanto le recomendó descansar, y le hizo sumergir el pie en una cubeta con agua helada.

Al día siguiente, como el dolor persistía, su entrenador lo acompañó al hospital, en donde le tomaron una radiografía. Minutos después, el técnico le confirmó la sospecha de que se había fracturado el tobillo. No fue preciso que le leyeran el detallado diagnóstiico de la fractura para que Rogelio comprendiera que su futuro tan prometedor se había esfumado, de la misma forma que se desvanecen los sueños al despertar.

En su casa lloraron su infortunio, como se llora a un muerto. Sus amigos del Chorrillo lo consolaban con bálsamos verbales, desde el más conformista de todos: "No hay mal que por bien no venga" hasta el más absurdo: "No hay mal que dure cien años, ni cuerpo que lo resista" Durante esos días posteriores a su desgracia, la casa de sus padres daba la impresión de ser la carpa de un hospital ambulante en donde se ofrecía una vacuna contra la muerte. Lo visitaban a todas horas tratando de consolarlo de algún modo. Las muchachas que durante su efímera fama le dirigían la mirada, querían saber cómo estaba. Lo visitaban también las que se habían hecho ilusiones con los prometidos millones de su talento, y querían saber si todo era un cuento de Rogelio para abandonarlas. Sus promotores querían saber si había alguna esperanza, o si debían comenzar a buscar nuevos horizonte. Los compañeros de la escuela hacían fila para alentarlo, y hasta le recordaban que él era muy bueno para las matemáticas. No se habían olvidado de él, tan poco, los maestros de la escuela primaria, orgullosos de haber enseñado a leer y a escribir a esa leyenda descalabrada, y le decían que no se preocupara, que en el peor de los casos él podía ser un maestro de educación física. Entre ese tumulto de gente también estaban sus compañeros del equipo de competencia. Unos les rogaban que no se preocupara que él volvería correr como antes, y otros apenas podían disimular el regocijo de verlo tullido. De todas las visitas que le hicieron, la más notoria fue la de la dueña del zapato de la desgracia, quien tuvo la osadía de pedirle que se lo devolviera, si no, lo demandaría por coger lo que no era suyo.

El, a pesar de estar atravesando el peor momento de su vida, mantuvo una actitud digna de un gladiador, que aunque gravemente herido, ha sido victorioso. Disimulaba esa gran pena que lo agobiaba, y como si hubiera estado hablando de otra persona, decía sentirse cada vez mejor, aunque, era claro, que no podía con su alma. Si bien le dolía el simple hecho de dar unos cuantos pasos, aun más doloroso era ver su imagen en los periódicos aferrado a una muleta seguido del epígrafe: "*Una esperanza muerta*". En un periódico capitalino publicaron una foto suyas en plena competencia que decía: "*un relámpago que no alumbró*". La más dolorosa de todas las burlas que sobre él escribieron fue una que decía: "*el futuro del País está en muletas*". Sus amigos, que en los buenos tiempos lo adularon, y le juraron una amistad desinteresada fueron desapareciendo, y cada vez eran menos, y cuando Rogelio por fin volvió a salir a la calle, muchos pretendían no verlo, y cruzaban la esquina para no tener que saludar a ese lisiado de mierda. Pues la verdad era, que con el tobillo estropeado, y ese caminar patético que tienen los cojos, en lugar de El Relámpago Mogollón, Rogelio era más bien digno de que lo llamaran La Tortuga Salomón.

Esa inolvidable mañana en que Sebastián se despertó con el humor muy mejorado pensó también en Tomasina su, madre. Ella, que con un beso hacía calmar el dolor; su mamita buena, a quien él recordaba, desde que era un crío, cantándole la canción del ratón pelado que calló en la hoya, y el canto del señor que se fue y murió en la guerra, que dolor, que dolor, que pena. Ella, que desde siempre había sido quien había llevado la batuta, y se había dedicado en cuerpo y alma a trabajar como una esclava, para que nunca pasaran hambre. Ella que en tantas ocasiones tenía que tomar decisiones atolondradas para ganarse la comida del día, pues Rogelio vivía en las nubes, soñando con que la buena surte le volviera a sonreír. Esa mañana Sebastián pensó un gran tiempo en Tomasina, que se había hecho vieja luchando contra las imprediciones de la pobreza. Tomasina, que según ella misma, antes de que Rogelio se sacara el premio mayor, se había pasado la vida limpiando pisos, lavando ropas ajenas y vendiendo dulce de leche en los estadios, porque el sueldo de su esposo no alcanzaba ni para que pudieran comer dos veces al día. Tomasina quien después de tanta miseria, por primera vez estaba viviendo en una casa, y en un barrio como lo manda Dios, y a quien ahora la vida le pagaba con un cáncer que la estaba devorando. Sebastián continuó pensando en ella, que a pesar de escasearle las fuerzas para salir al patio a solearse, encontraba energía, y llegaba hasta el cuarto de él para preguntarle cómo se sentía.

Sebastián pensó en Rogelio y en Tomasina, quienes parecían haber nacido el uno para el otro. Rogelio quien pudo ser el olimpista más famoso que pudo tener Panamá, y que sin embargo terminó confinado en el escondrijo del anonimato. Rogelio que hizo albergar en los corazones de sus padres la posibilidad de que sería rico y famoso. Rogelio, que en su condición de negro acomplejado prefería a los blancos, y que intentaría mejorar la raza, porque tendría hijos blancos y de pelo lacio. Él que según sus padres, se casaría con una mujer alta, y blanca, con el pelo rubio, y los ojos rubios, y los dientes rubios, así como Fefita La grande, y que sin embargo terminó casándose con Tomasina. Si, Tomasina la hija de la familia más pobre de todos los pobres del barrio; Tomasina, a quien los feroces pretendientes del barrio, picados, porque no obtenían de ella ni una mirada piadosa, le cantaban el guaguancó de la negra Tomasa. Si, Tomasina, la única de sus más de cien novias que no lo abandonó cuando se fracturó el tobillo; Tomasina, quien una tarde notó a Rogelio en un estado de depresión tal, que para consolarlo, y sin importarle lo que diría la gente el domingo en la misa, se quedó a dormir con él, y le hizo saber que no importaba si se había quebrado el pie, pues la vida en sí es también una línea quebrada.

Además de pensar en sus padres, Sebastián pensó en Paula su única hermana, su amiga, y su confidente. Paula quien a pesar de estar atravesando una mala racha, a pesar de sus tantas crisis con sus tantos novios, siempre encontraba un rato para tocarle al saxofón una pieza clásica, o un aguinaldo, aunque no fueran tiempos de navidad; su hermanita del alma, quien apenas esa noche antes, echada en la cama con él, le dijo: "Seba, cuando una puerta se cierra, se dice que muchas otras se abrirán, entonces ¿por qué no piensas que si unas piernas se cerraron, otras piernas se abrirán? ¿eh? Eso le había dicho Paula, y esas son cosas que no se olvidan.

Se levantó sin dejar de pensar en Rogelio, en Tomasina y en Paula, quienes a pesar todo no, descansaban ofreciéndole un apoyo total, y desinteresado. Ellos que al mal tiempo le ponían buena cara, y quienes se olvidaban de sus propios problemas para darle valor a él, que era el menos golpeado por la vida. Se levantó de la cama y se dijo:" ¡Hay que seguir!" y continuó diciéndose que lo que cuenta no es cuantas veces uno cae, sino las veces que uno se levanta, y sigue caminando.

La casa estaba en silencio. El calendario que colgaba de la pared le recordó que era el miércoles 17 de diciembre del año 1989, y que el resto de la familia se había ido al Chorrillo a visitar a los viejos vecinos. Posiblemente se quedarían a dormir en casa de su padrino Luis, el ingeniero. Sebastián vio a Rogelio a y Tomasina que desde una fotografía 18x20, y desde el pasado les sonreían. Supo, que a pesar de todas las emboscadas, y los infortunios que les había presentado la vida, habían sido felices. Miró Paula, pequeña, tierna y frágil, con un traje blanco y con una flor en la mano el día de la primera comunión; los extrañó a los tres, como si no los hubiera visto en años. Por una razón que entonces le era incompresible, pero que con el pasar de los días comprendería a plenitud, presintió que el resto de su familia coexistía ya en otra dimensión. Como había dormido tanto, interpretó ese presentimiento como una reacción del cuerpo afectado por tan largo descanso.

Una carta de César, estaba sujeta con un imán a la puerta del refrigerador. Abrió el sobre con las puntas de los dedos, como quien descuartiza una paloma blanca, y teme salpicarse de sangre. En la carta César le informaba que hacía ya seis meses que estaba en el país, pero no se lo había informado antes porque había estado meditando en la selva. "Soy ahora un hombre nuevo"-decía. Le informaba que había dejado el mundo de las drogas, pero que se había mantenido fiel a las cervezas; que ya no vivía con sus padres, y que se había ido a vivir con los indios. Al final lo invitaba a visitarlo en cuanto pudiera, pues tenían mucho cosas de que hablar.

Sebastián que quería evitar la soledad a cualquier costo, pues sabía que siempre que estuviera solo, los recuerdos de Beatriz volarían por el cielo de su memoria como un reguero de golondrinas que anuncian tormentas, había encontrado la razón perfecta para alejarse de la ciudad. Así, que a toda prisa, en una página de papel garrapateó su decisión. Tomó el primer autobús con destino a Nöbe Bugle. Allí entre los indios de esa comarca tenía su morada su amigo y consejero. No es que a él le importara el por qué de su fracasado encantamiento de amor usado con Beatriz; tenía deseos de compartir esa experiencia con César.

César había viajado a los Estados Unidos en el año 1980 con una visa de estudiante. En el West Village, en Nueva York, en la calle Christopher sus padres le habían alquilado un apartamento, y desde Panamá le enviaban una mensualidad suficiente para pagar el arrendatario y sufragar los gastos personales. La única condición: que se graduara en abogacía de la universidad de Columbia. A él, por su parte, le importaba un comino las leyes, y gran parte del tiempo se la pasó fumando marihuana, tocando la guitarra, y tomando cervezas. Sus amigos eran tipos de eso que se pintan las melenas, las uñas, y hasta los labios de colores vistosos. Además de sus pintorescos compañeros César hizo amistad con Daniel Cruz, un gallego propietario de El Burro Loco, (The Stupid Ass) un restauran de comida española. Daniel le había contado que había salido de España oculto en el furgón de un barco que salía para América Latina. El barco había desembarcado en Cartagena, y él había tenido que atravesar la América central en autobuses. En México un coyote lo ayudó a él, y a quince indocumentados más a cruzar la frontera con Estados Unidos. Ya en el estado de California, en Hermosillo llegaron a un restaurante y pidieron desayuno. Fue en ese lugar que los agentes de inmigración le hicieron una redada. Él, estaba sentado en una silla, tomándose una sopa de frijoles. Se lamentó porque los habían atrapado, y al verlo todo perdido, dio manotazo en la mesa y exclamó: "¡que desgracia!" Un agente se le acercó y le dijo: "no te preocupes, eran todos mexicanos y los atrapamos." Se llevaron a todos sus compañeros, y él se quedó impasible, sentado en la silla terminando el desayuno.

Como César apenas tomaba clases, para mantener su permiso de estudiante, le tomó siete años para graduarse, aunque no en abogacía; sino de maestro de escuela. Hubiera vivido desperdiciando el tiempo por el resto de su vida, de no haber sido porque su padre, no contento, le había enviado una carta en la que le dejaba saber que él había tenido más que tiempo suficiente para terminar la universidad, y que a partir de entonces rehusaba continuar manteniendo a un vago como él. Dos semanas después de esa carta, sin ni siquiera despedirse de sus amigos, dejó clavada en la puerta del apartamento una nota que decía: "de aquí me voy Nueva York. Ciudad de tanto trabajo. Quédate tú con tu frío, que yo me voy pa'el carajo." Y como para revivir, de forma inversa, la experiencia de su amigo gallego, decidió volver a Panamá cruzando la frontera de forma ilegal. Primero viajó hasta Hermosillo, California, atravesó caminando el desierto de Sonora, cruzó en autobús México, Guatemala, El salvador (allí por poco el ejercito lo acribilla), Honduras, Nicaragua, Costa rica y finalmente llegó a Panamá.

Si no hubiera sido porque los padres de César, eran miembros de una de las familias más influyentes del occidente de Panamá, éste personaje hubiera pasado gran parte de su vida en la cárcel. De regreso en Panamá, se dio a conocer entre los indígenas de la, zona de Nöbe Bugle. Como un engendro de una ranchera de Antonio Aguilar, César era famoso por ser borracho, parrandero y jugador. El era también, el propietario de un camión de carga, que había equipado con unos parlantes tan potentes, que a su paso por las carreteras que hacían fronteras con la selva, el sol se oscurecía con la nube de pájaros que volaban asustados por la estridencia de la música. La gente que a la distancia escuchaba el desorden, sin poder hacer nada al respecto, resignados suspiraba: ahí va César. Se cruzaban de brazos pues sabían que ese desquiciado del diantre era el hijo del gerente de la lotería nacional. Gracias a la paz del Mundo (en realidad al mundo de esa zona) un buen día Cesar se dejó influenciar por las creencias Yoga. Se cansó del camión, y de los escándalos. Le dio por pensar que debía ser menos materialista, y más condescendiente. Ese cambio mejoró, considerablemente, la relación con los indígenas. Vendió el camión a una compañía de construcción, y con el dinero de la venta mandó

a vacunar a todos los niños del área, y les construyó
una escuela primaria.

El desagrado que generó con el escándalo de la
música se desvaneció con el pasar de los días, y le
permitiera vivir entre ellos. Les juró a los Kunas que
sería un hombre nuevo. Para demostrar que hacía
mérito a su palabra, abandonó las comodidades a
las que estaba acostumbrado, y decidió vivir con
las limitaciones que tenían los pobres del área. Su
conducta sufrió un cambio tan radical, que era
como si se hubiese divorciado del pasado. No volvió
a fumar, ni a fiestar, y evitaba las gentes ruidosas,
pues las consideraba un estorbo para el espíritu.
Hacía ejercicios a diarios, convirtiéndose en un
fiel devoto de la meditación Yogas, y practicaba los
ejercicios de Charles Atlas. Se dejó crecer el pelo,
y la barba. Aunque durante los años que vivió en
Nueva York no se colgó hierros en las orejas, ni en la
nariz, ni en ninguna parte del cuerpo, ni se adornó
la piel con tatuajes de calaveras endemoniadas,
Cesar daba la impresión de ser un *jippie* extraviado
en la selva. Tenían un jeep Land Rover que utilizaba
para socorrer las emergencias de los indígenas, y
en casos de urgencias propias, viajar a la ciudad, y
a los pueblos cercanos. Con el pasar de los días,
sin embargo, esas necesidades de ir a los pueblos
se le harían cada vez más común, sobre todo en las
noches de luna llena, cuando el deseo de abrazar a
una mujer desnuda se le convertía en una vocación
para los sentidos. Primero comenzaba tocando la la
guitarra, y cantaba canciones de amor, tratando de
exorcizar ese deseo imposible de evitar. Cuando ya
no podía más, se marchaba en su viejo *Land Rover*

en dirección a Yavisa, o para ciudad Colón. No es que él estuviera orgulloso de que su nueva fama de "hombre nuevo" se manchara con sus frecuentes visitas a los burdeles, pero se convencía así mismo, de que las noches siempre han sido un caldo secretos del que nadie se entera.

Sebastián no lo supo, pero fue un golpe de suerte haberlo encontrado en su choza, o por lo menos encontrarlo despierto. Cuando Sebastián llegó lo encontró meciéndose en una hamaca y acompañándose con la guitarra cantando, *Tú vives en mi pensamiento* de Danny Rivera.

¡Mandi, hombre de Dios!- exclamó César, con esa voz de fumador trasnochado que heredó de los días cuando se fumaba tres cajetillas de cigarrillos al día.

Tenían tantas cosas que contarse, que ninguno de los dos sabía por donde comenzar. A demás de su experiencia en asuntos de faldas, César se había convertido en un gurú en lo que se refería a la de meditación y al físiculturismo. De entre los tantos ejercicios que hacía, al que más tiempo le dedicaba era a uno que le había enseñado un marinero en Manhattan. Éste le había contado a Cesar que si lo hacía una vez al día, en asunto de meses se le desarrollaría un antebrazo tan grueso con el de Popeye el marino.

Camino a la selva Sebastián había pensado en todas las formas posibles en que podía comenzar a contarle a Cesar la historia de su despecho, de manera que su enamoramiento pareciera un simple entretenimiento, algo insignificante, una locura que nace con la primera, y muere con el calor del verano. Incluso, había contemplado la posibilidad de no decirle nada al respecto, y dejar que César iniciara el tema de los amores, y entonces explayarse contándole su pena. Ya, sin embargo, era el anochecer de su segundo día en la selva, y los temas sobre el amor no había sido expuesto. Así que sin más preámbulos le contó como había conocido a Beatriz, como la había vuelto a encontrar en la biblioteca de la escuela, y sobre su desaparición. Le contó sobre la deprimente soledad, y el deseo de no volver a la escuela que se había apoderado de él. César lo escuchó sin interrumpir y al final, se sintió tan conmovido que, le prometió su intervención incondicional, aunque no tenía ni ideas de cómo podía ayudarlo. Como si hubiera estado ante un moribundo víctima de un veneno mortal cuya salvación ahora dependía de la disciplina con que se le administrara el antídoto, César lo miró a los ojos y le preguntó, muy en serio:

-¿Le dijiste un secreto? Sebastián asintió con la cabeza.

"Entonces, Mandi, no te preocupes; tarde o temprano será tuya- Como si desconfiando de su propia sentencia Cesar le recordó: "los embrujos de amor nunca fallan. El problema es que los enamorados miden el efecto de un sortilegio en minutos y segundos, pero éste no está condicionado a los límites del tiempo y del espacio. Le hizo saber que toda acción produce una reacción, y algo más: antes de la acción, y de la reacción, hay una intención. El poder de la intención es más poderoso que la acción, y que la reacción, pero su efecto no tiene tiempo ni lugar, o sea puede ocurrir en esta o en la otra vida.

Sebastián pensó recordarle que no disponía de una eternidad para esperar; que le importaba un maní el orden del universo, o si había vida o no después de la muerte. Pensó a su vez recordarle que por tal razón estaba más en favor de los efectos de las raspadura de uñas en una bebida de mujer, en los poderes del Vudú, o en los resultados del aguanilé, que en la ley del Karma. Sin embargo, prefirió callar, pues si era verdad, que César era un pésimo concejero, y sus predicciones no pasaban ni cerca del callejón de la realidad, era también cierto que él era un buen amigo.

¿Y Beatriz? Se preguntaran ustedes.

Beatriz había llegado con su novio a Nueva York. Este la había convencido de que él era propietario de un apartamento lujoso en Soho. Bueno, no era exactamente Soho. El apartamento estaba en la avenida C y la calle ocho, cerca de los proyectos. El tampoco era el propietario de nada. Su madre recibía asistencia pública, y había conseguido que la ciudad le pagara el alquiler de ese apartamento mediante el programa Sección Ocho; una iniciativa de la ciudad para ayudar a las familias de bajos ingresos. ¿Y el carro BMW con que éste le lavó el cerebro a Beatriz, y humilló a Sebastián? ¿Creen ustedes que era de él? Por supuesto que no. Lo había alquilado con el dinero de dos "cheques" de la asistencia pública que le había robado a su mamá antes de salir del país.

Al llegar a Nueva York, Beatriz había chocado con tres realidades que la golpearon de frente, y de repente. (Los golpes repentinos, e inesperados son los que más duelen) Primero, al cruzar el puente Williamsburg, y ver los sucios, viejos, y abandonados edificios de la calle Delancey, Beatriz pensó que el taxista se había equivocado de ciudad. Estaba al borde del pánico cuando el auto entró por la calle Bowery. Además de ver esos edificios en ruinas, ella vio a desamparados en harapos durmiendo en las aceras, a borrachos vomitando y a drogadictos inyectándose en la vía pública. Debía haber un error, pensaba ella, pues el Nueva York que había conocido a través de las películas de Hollywood, y en las postales, no tenía ninguna semejanza con esa ciudad mugrosa, y poblada de esperpentos que ahora aparecía ante sus ojos. Pensó que le estaban haciendo una broma de mal gusto. Sin embargo los niños desgreñados que jugaban frente a los edificios de proyectos, los ancianos que se calentaban al sol de aquella tarde, y la cantidad de gente que hablaba a gritos en el vestíbulo del edificio, eran demasiadas coincidencias para que todos pudieran estar participando en la misma broma.

Beatriz había nacido y crecido en un barrio de ricos, y aunque había oído hablar de la pobreza del chorrillo, y en la televisión había visto imágenes de la miseria, pensaba que todo cuanto se decía sobre los pobres estaba vilmente exagerado. Como si ya no hubiese visto bastante, pudo también ver el despliegue de desamparados que pululaba el *Tomkins park.*, y a familias enteras calentándose al sol, pues las viviendas eran frías como heladeras, vio a pordioseros buscar pan en la basura, y haciendo filas, pacientemente esperando por comida en un centro comunitario.

El tercer golpe con que la realidad la golpeó, y que de verdad la sorprendió, fue comprobar que su pomposo novio no era más que un pobre diablo, como tantos vividores de esta ciudad que quieren vivir como los ricos, y sin mover un dedo. Supo que su novio no era más que un miserable, y que el tigre nunca es como lo pintan, que las cosas son más bellas desde la distancia. Había escuchado eso de que un mediocre desconocido, a simple vista puede parecer ser un superhéroe, y se decía: ¿Como pude ser tan tonta? Se sentía ultrajada, burlada por ese fanfarrón que la había conquistado a fuerza de mentiras. Tenía deseos de sacarle los ojos; de matarlo, y de luego salir corriendo y no dejar de correr, hasta llegar a Panamá. Se encerró en una habitación a llorar, y reusaba hablar con nadie. No se perdonaba el haber obrado de una manera tan ingenua, y se reprochaba el haber dejado cuanto había tenido por seguir a ese miserable de alcantarillas que la había seducida a fuerza de mentiras. ¡Dios mío! Si lo hubiera sabido, pensaba ella, y se preguntaba ¿Qué dirá la gente de mí? Esa noche no hizo más que martirizarse, lamentando su falta de juicio. A eso de la media noche, de ese primer día en la ciudad, su don juan, intento hacerle una caricia, y ella lo rechazó con una mirada fría. En la cama, él trató entonces deslizando una mano por debajo de la sábana y ella con una voz calmada le dejó saber, que de tocarla, aunque fuera con la punta de un dedo, lo mataría como a un perro. Fue tanta la autoridad con que pronunció la palabra "perro" que él sintió deseos de dar tres vueltas alrededor de la cama, y acostarse en el piso. Derrotado, se fue a dormir al sofá, manso como un corderito.

La salvación de Beatriz en esta ciudad se llamó Trinidad Pérez, una dominicana de Bonao. Era tan buena, y tan bondadosa, que bien podían llamarla Dulce. Trini, como la llamaban cariñosamente, trabajaba en una tienda de ropas en el barrio chino, y convenció al dueño para que emplearan a Beatriz. Trini le contó al patrón, un judío ortodoxo, que Beatriz era su media hermana, y que había sido maestra de religión y lenguas modernas en Panamá. El dueño judío no se creyó el cuento ese, de que eran hermanas, y más interesado en echarle una ojeada, que por emplearla, la invitó a una entrevista. El impacto que se llevó al ver a ese tremendo mujerón, fue tal, que contempló reclutarla ese mismo día para que fuera su secretaria.

Luego de contratarla para que trabajara en la tienda los fines de semanas, días después la acomodó con un horario a tiempo completo. Lo siguiente que hizo Trinidad por Beatriz fue llevársela a vivir con ella. El apartamento en donde vivía estaba en la calle Delancey, y era tan pequeño que desde la bañera que, por cierto, estaba en la cocina, se podía ver la televisión, que estaba en la sala, y con solo extender la mano, se le podía controlarle el fuego a la estufa.

Trini vivía con su abuela, una dominicana de cepa famosa por ser parrandera, y a quien las malas noches, y el aguardiente desde muy joven le habían precipitado las marcas del tiempo. La abuela trataba de ocultar la edad, permítanme decir, como quien trata de ocultar el sol con una mano. Se negaba a hablar del tema con una obstinación de mula cerrera. Se sospechaba que ya había cumplido las siete décadas, y sin embargo disfrutaba, o fingía disfrutar de la música lo mismo que una adolescente. A una edad en que aun los parranderos de cinco suelas ya se han rendido, y otros se avergüenzan de solo pensar que sus nietos llegaran a conozcan sobre sus pasadas andanzas, la abuela de Trini continuaba con más gasolina que un Cadillac de los viejos con el tanque lleno. No escuchaba los consejos sabios de los años, y desatendía e ignoraba las quejas del cuerpo. Si alguien por compasión le recordaba que ya su carnaval había pasado, y que a las abuelas de su edad solo les queda coger un rosario, y ponerse a rezar, ella le contestaba que viejos eran los cerros.

Estaba siempre de buen humor, y a menudo en medio del silencio, y sin motivo aparente, saltaba de la silla, y taconeaba las guarachas que les sonaban por dentro. Si escuchaba en la radio un merengue de orquesta o de acordeón, se mordía los labios de placer, y se ponía a bailar con un ritmo que no dejaba la menor duda de que en sus mejores tiempos sus cartuchos habían sido de alto calibre. Si el deseo de bailar la asaltaba en medio de la semana, ponía en la consola un disco de larga duración, y con sus taconazos creaba el pánico en los vecinos del piso de abajo, pues pensaban que un edificio tan viejo no estaba en condición de soportar tantos pasos firmes. Angustiados pensaban que en cualquier momento el techo se iba desprender, y que los sepulturaría a todos. Eran de la opinión, que de eso ocurrir la abuela continuaría bailándoles encima como si nada hubiera pasado.

Habían sido varias las ocasiones en que por estar bailando sola, la abuela había dejado quemar las habichuelas, y se había hecho carbón el pollo que estaba en el horno. Cuando el humo, y el olor a quemado la volvía a la realidad, suspiraba más triunfante que arrepentida: "¡aunque no coma, me doy gusto!" Se pasaba los días arreglándose las uñas, alisándose el pelo, y practicando los nuevos pasos que aprendía. Estaba siempre atenta a los chismes y a los anuncios de la radio para saber en cuales de los clubes habría fiestas ese fin de semanas. Como ella vivía más tiempo en Bonáo que en Nueva York, y Trinidad se pasaba el tiempo sola, la abuela vio con buenos ojos el hecho de que Beatriz, se fuera a vivir con ellas.

La abuela se pintaba el pelo con un tinte color zanahoria que le rechinaba, y días después de ese pañete, cuando los troncos blancos comenzaban a aflorar por la superficie del cráneo, si Trini le recordaba que tenía ya muchas canas, ella con una sonrisa pícara le contestaba "más que canas, tengo ganas." Los viernes por las tardes llegaba del salón recién peinada, y se encerraba en su cuarto. Con un esmero, parecido a la demencia, se frotaba el cuerpo con aceites de esencias, se ponía pestañas postizas, y comenzaba prepararse para el baile. Salía de su cuarto transformada de los pies a la cabeza. Así era ella, con quince años en el alma, y siete décadas en el cuerpo; tratando siempre de esconder con simulacros de coloretes los escollos del tiempo. Con el pelo rojo, los labios rojos las uñas rojas, el traje, la cartera, y sus zapatos rojos, parecía un diablo rojo.

Mientras tanto, en el Darién, César había llevado a Sebastián por las comunidades indígenas para que viera el nivel de miseria de esa parte de la población. Mirando a los niños descalzos que jugaban a los jinetes montados en palos de escobas, Sebastián recordaba su propia niñez en el Chorrillo. Entre dientes, César le dijo: "¿Qué te parece? Esta gente estaba aquí siglos antes de que llegaran los europeos, y mira como continúan" En una de esas comarcas el jefe, de la tribu, quien por cierto tenía un gran parecido con Bill Cosby, los invitó para que los acompañara a una protesta contra el gobierno porque los terratenientes cada vez respetaban menos sus territorios. Las compañías madereras se metían por donde quiera, y sin el menor reparo derribaban miles de árboles que tenían para ellos significados importantes. En otra ocasión César lo hubiera acompañado, pero pensó que no era la mejor forma de ocuparle el tiempo a Sebastián, y reusó la invitación. Bill Cosby, mejor dicho, el jefe indígena le ofreció un saludo apresurado, que tenía más de apuro que de cordialidad, y se perdió en el monte hablando en lengua indígena. Seguramente, también les dijo: "quítense del medio par de babosos, no tengo tiempo para hablar pajas."

Sebastián vio a las mujeres haciendo trabajos arduos. Las vio cortar leña, dominar los animales domésticos, labrar la tierra y hasta limpiar los caminos, mientras que los hombres disfrutaban de privilegios de príncipes del siglo quince. Lo distrajo además ver a dos niños llevar una caja que contenía una colmena de abejas. Horrorizado de miedo, esperaba que en cualquier momento el enjambre los picara. César le contó que no sabía de un solo caso de la historia reciente de esa comunidad en que las abejas hubieran atacado a los humanos. Los niños colocaron el enjambre debajo de un árbol alejado del camino principal, y al ver a Sebastián sorprendido, y asustado, uno de ellos le dijo: pst, gran cosa, ¿es que tú no ves el canal *Discovery*?

Al medio día César y Sebastián caminaron por la orilla del río Chucunaque. Sus aguas son famosas por estar plagadas de lagartos y anacondas. El río era como un gran brazo de mar. Los indios inmunes al peligro de sus aguas, lo atravesaban en unas embarcaciones tan frágiles que parecían a punto de desmigarse.

La brisa que soplaba desde el río paró de repente, y la humedad se tornó insoportable. Sebastián, que ignoraba la plaga de los reptiles, se imaginó dándose un chapuzón en el río, pero mientras caminaba por la orilla siguiendo a César, descubrió a un par de ojos amarillos, y serenos, que desde la superficie del agua lo miraban atentamente. Esa observación le borró hasta las huellas más remotas de refrescarse nadando, y terminó por aceptar que a pesar de todo, la humedad no era ni tan incómoda. Los niños, que por ser más jóvenes eran más intrépidos, se lanzaban al agua saltando desde las peñas. Habían estado dándose chapuzones cautelosos ante el peligro de los caimanes que andaban por donde quiera.

En un momento ocurrió que de repente todos guardaron silencio. Como si amenazados por un eminente peligro, los niños salieron del agua, y corrieron apresuradamente a buscar refugios en sus casas. Los adultos hablaban entre sí en vos baja, y sólo César y Sebastián estaban ajenos a lo que ocurría. El sol estaba inmóvil en el firmamento, y hasta las aves dejaron de surcar el cielo. El jefe indio, no muy gustoso porque no le habían acompañado a la demostración contra el gobierno les contó que presentían un peligro en la cercanía. Según les contó, estaban ante el preludio de un suceso fatal, cuyo origen no llegaban a entender. Le dijo aun más: "el silencio es cómplice de las tragedias. Las fieras se esconden, y aguardan en silencio antes destrozar a sus presas. Una gran calma acontece después de las tormentas. Es como si el silencio creara las condiciones factibles para los desastres; la plataforma de todos los cataclismos. El mundo animal, que según el hombre blanco, carece de lenguaje para comunicarse, presiente las calamidades antes de que ocurran, y mantienen un inquebrantable silencio. Ante el silencio el reino animal se esconde en sus guaridas, y mantiene el aliento en suspenso por temor a ser delatado, y terminar siendo la presa de turno. Cuando hay silencio todos callan a causa del pánico de saber que están ante la presencia de la muerte. De seguro algún día en el mundo habrá paz, pero esa calma quizás no pueda aplacar los delirios de la incertidumbre al sospechar que esa quietud puede ser el principio de la hecatombe final que dejará al planeta convertido en un gran cosmos de polvo deambulando en el universo; una gran urbe, solo habitable para las cucarachas

El Darién semejaba una bola de cristal. No se movían ni las hojas en los arboles. Era entonces el 19 de diciembre, y Sebastián recordó que debía regresar a la ciudad antes de la fiesta del 24 de diciembre.

César que aunque no presentía ningún peligro, si creía en el consejo de los indios, convenció a Sebastián para que se quedara en Nöbe Bugle durante los días próximo. Le contó que de quedarse una semana lo llevaría por el sur, y cruzarían la frontera con Colombia. Le dijo que lo llevaría a visitar Medellín, en donde, según le habían contado, tenían los taxis más pintorescos, y de una limpieza tal, que los ciudadano tenían que quitarse los zapatos para entrar en ellos.

Nada extraordinario ocurrió ese día, ni durante los siguientes. Sebastián pensó que el jefe indígena no debería estar de proyectero asustando a la gente con sus falsos presentimientos. La normalidad regresó y la vida continuó su curso. Aunque César mantuvo a Sebastián en la selva por algunos días más, no pudo convencerlo para que se quedara por más tiempo, y el día 21 de diciembre, al medio día lo llevó en el Land Rover hasta la carretera en donde Sebastián tomaría el autobús de regreso a Ciudad de Panamá.

César, sin embargo, continuaba preocupado, como si en fondo hubiera creído en el augurio de los indios. Estuvo tenso durante los días que siguieron a ese medio día. Dos días después, mientras conducía a Sebastián a la carretera principal, apenas intercambiaron algunas palabras. Sebastián, le preguntó por sus padres, Don Cecilio y doña Rosaura. César le contestó: "están bien." Sebastián le preguntó cuando volverían a verse y él le contestó: "muy pronto." Le preguntó si extrañaba la vida en la ciudad y él contestó: "para nada." Le preguntó qué tal le parecía el gobierno de Noriega y él contestó: "una

mierda." Le preguntó si le gustaban las canciones de
Rubén Blades y él contestó "si." Le preguntó cuál era
su favorita y él contestó: "todas."

Llegaron a la intercepción con la Carretera
Panamericana y un instante llegó el auto bus que
llevaría a Sebastián de regreso. En ese instante
ambos recordaron excursiones que habían planeado
y que no habían realizado, como escalar el volcán
Barú, viajar en auto desde Panamá hasta Tierra del
Fuego, hacer una incursión al centro de la selva
Amazónica, y visitar Brasil por los días del carnaval
de Rio. En el momento en que Sebastián se disponía
a subir el escalón de entrada al autobús, César le
dio un abrazo, y como haciendo un juramento le
dijo: "te veo pronto" Mientras se alejaba, a través del
cristal Sebastián vio, a César sentado sobre el capó
del jeep diciéndole adiós con el brazo. En medio de
un torbellino de humo, polvo y un alarido de tuercas
y resortes, el autobús se alejó galopeando.

El ambiente era pesado; los pasajeros, la gente
más sería jamás había vistas. Pensó que podía
ser su imaginación y prefirió no hacer preguntas.
Lucían mal humorados. No era un enfado como
el mal humor que se apodera de una multitud
cuando al último minuto se suspende la función,
ni como la molestia que se experimenta cuando
ocurre un apagón durante el mejor momento de la
película. Su irritación era como un desconsuelo.
Unos empuñaban las cuentas de sus rosarios, como
aferrados a algún consuelo divino. Otros, como si
hubieran estado frente al capitolio, en los Estados
Unidos, y no en un autobús en medio de la selva,
mencionaban las malas virtudes del la difunta madre

del presidente George Bush. Decían dónde querían que el mal parido presidente les diera un beso, qué cosas les podía mamar, a donde podía largarse, como querían verlo morir, le ordenaban hacer cosas físicamente imposibles, y le decían por donde podía meterse el palo con que jugaba al golf.

No sabía a quién preguntar el por que de tanta ira. Pero se armó de valor, y se enteró de lo siguiente: durante los días 19 y 20 de ese mes el presidente Bush padre, quien hasta hacía muy poco, había sido el jefe, y compinche de Manuel Antonio Noriega, había invadido Panamá; supo que los aviones estadounidenses, a fuerza de bombas habían infiltrado el terror y la muerte en el país; que el ejército gringo había enfocado su poder destructivo contra la capital; que el objetivo principal de la invasión había sido la destrucción de el barrio el Chorrillo; que el ejercito de Noriega andaba al garete; que hasta ese momento se desconocía el número de muertos, pero que podían contarse por miles. Sebastián recordó que durante esos días su familia había estado de visita en el Chorrillo, y no quiso imaginarlos víctimas de los bombardeos.

Hubiera querido aguantar el titubeo que se apoderó de él, y haciendo un gesto de forajido, como los héroes en las películas de vaqueros, decirse que todo estaba bien, que todo estaba bajo control, pero la sombra de infelicidad que había caído sobre él, no le permitía un momento de calma. Desesperado preguntó por detalles más específicos sobre la invasión, y no obtuvo más respuestas, que las que ya sabía. Quería saber el tiempo que se tomarían para estar de regreso; sentía ganas de conducir el mismo ese viejo autobús para así agilizar el recorrido.

En horas de la noche una patrulla del ejército gringo los encañonó, y los hizo descender. El jefe del grupo, era un hombre muy joven, y en un español agringado primero les ordenó que bajaran de inmediato. Uno de los pasajeros que estaba más próximo, cegado por la ira le gritó un improperio, al momento que le lanzó un puñetazo que se perdió en la nada. El militar de un salto calló de pie en la carretera. Hizo dos disparos al aire, e impuso el orden. Acto seguido, otro militar de un rango, al parecer más bajo, pero con una voz más imperiosa, subió al autobús y mientras los apuntaba con la ametralladora, se dirigió a ellos en un español embotellado en West Point. Les ordenó: "¡Abajo, la guagua cabrones!" y para asegurarse que se hacía entender, indicó la salida con el cañón. Gruñendo y de mal humor los pasajeros descendieron. Ya en la carretera el militar volvió a ordenarles: ¡arriba las manos cabrones! Sebastián, era uno de los pocos, que estaba pálido, horrorizado por los cañones que no dejaban de apuntarles. La gran mayoría, actuaba con una temeridad asombrosa, como si hubieran estado acostumbrados a que a diario los encañonaran con rifles M-16. El chofer del autobús temía que los constantes insultos del militar alborotaran aun más a los pasajeros, y que terminaron todos masacrados; pero por suerte, minutos más tarde regresaron a sus asientos sin pérdidas que lamentar.

Cuando el autobús prosiguió la marcha en medio de la selva, no se supo a quien se le ocurrió la idea de cantar el himno nacional; quizás fue por temor, o por patriotismo. (No hay nada más impredecible que una multitud nerviosa) A Sebastián le castañeaban los dientes del susto, y para darse valor se unió a los que cantaban. Como pensaba que el nacionalismo es un sinónimo de colonialismo, nunca había cantado el himno nacional; así que lo tarareaba. La inspiración de los pasajeros era tal, que cuando una segunda patrulla los detuvo nuevamente, no se dieron ni cuenta. Es lógico pensar que el patriotismo de los pasajeros tuviera para los militares el mismo efecto que el sonido cascabeles en un nido serpientes. Estos ordenaron silencio, y la gente siguió cantando. Ordenaron: ¡que se callen carajo, o los ametrallamos! Una ráfaga de disparos al aire no fue suficiente para calmar a esa multitud que ya se descarrilaba por el precipicio del desorden. Sacaron a culatazos a uno de los más temerarios que se resistía a obedecer, y lo fusilaron sin misericordia. Entonces un militar con una voz de mujer furiosa preguntó: ¿alguien quiere seguir cantando? ¿eh? Se hizo el silencio, y como no obtuvo respuesta, volvió a bajarse del autobús. Un instante después volvió a subir, y como si hubiera alcanzado la paz del corazón, y recuperado la voz de hombre que se le había marchado cuando perdió la paciencia, dirigiéndose al chofer le ordenó: pueden continuar, ustedes son gente de paz.

Como durante la última revisión la patrulla le había puesto por enfrente al autobús un papel anaranjado que indicaba "checked by squat # 4, llegaron hasta los límites de la ciudad sin más inconvenientes. Al llegar los pasajeros se esparcieron en bandadas. Sebastián se encontró ante una ciudad ultrajada. Había barricadas en las calles, y autos abandonados en medio de las avenidas principales. Había un gran silencio en el centro de la capital y era difícil determinar si estaba ante una ciudad fantasma, o si los sobrevivientes dormían. Debió continuar a pie para llegar a Las Bóvedas. Eran ya horas de la madrugada cuando llegó a su casa. La encontró tal y como la había dejado días antes. Presentía lo peor, y motivado por ese presentimiento, se marchó nuevamente con destino al Chorrillo.

Aunque la ciudad estaba a oscuras, y aunque conocía de sobras las calles que guiaban hasta al Chorrillo, de no haberlo sabido, él se hubiera enterado de su proximidad, pues la presencia de los militares iba haciendose cada vez más intensa. Desde la distancia podían verse las llamas de edificios que habían ardido durante días, y de los cuales habían quedado columnas de brasas que se tornaban al rojo vivo con la brisa que soplaba desde el mar. Los bombardeos habían cesado, y sólo el alarido de sirenas de rescate podía oírse en la inmensidad noche. En el aire reinaba un fuerte olor a humo; era difícil respirar. Caminando entre las ruinas lo sorprendió el día. Las primeras luces del amanecer fueron suficientes para que pudiera tener una idea clara de la magnitud de las destrucciones. Las viviendas que no habían sido derribadas por las bombas, habían sido consumidas por las llamas.

En horas de la mañana logró burlar la vigilancia, y entrar al área del Chorrillo en donde había estado el cuartel general de Noriega. Hacía ya cuatro días del ataque, y los cuerpos en los escombros comenzaban a soltar el tufo de la putrefacción. Sebastián abrigaba la esperanza de un milagro.

Esperaba encontrar a su familia salva y sana. En horas de la mañana escuchó lo que parecía ser un quejido de dolor y se dijo: "Lo sabía, Dios no me falla. De seguro era Rogelio y el resto de la familia aprisionados entre los escombros; sólo tendrían algunos rasguños y nada más." El moribundo era un turista Sueco que había sido sorprendido por los bombarderos cuando andaba por el Chorrillo, sabe Dios en qué cosa. Como pudo, lo llevó hasta donde había un centro de la Cruz Roja. Allí Sebastián vio a médicos, enfermeras, y ayudantes exasperados por salvar vidas. Escuchó gritos de niños, alaridos de dolor, vio a heridos de fracturas tirados en el suelo, y a mutilados a quienes los médicos les realizaban operaciones de vida o muerte. En un espacio abierto del patio trasero vio montones de cadáveres sin identificar a los que había sepultar cuanto antes, para evitar que las temperaturas despertaran los gérmenes de una calamidad aun peor. Rehusó mirarlos detalladamente por temor a reconocer algún rostro familiar.

Tan pronto como pudo, se alejó de ese nido de dolor, y se marchó a toda prisa, pues temía que no pudiera resistir ver tantas gentes heridas. Si aquel hospital de trapos le pareció una esquina del purgatorio, el Chorrillo en su totalidad era una sucursal del infierno. Se oían peleas de perros callejeros, gritos de auxilio, disparos en las cercanías y vio bandadas de saqueadores que corrían despavoridos llevando en la mano objetos robados en los lugares destruidos.

Tuvo la espantosa experiencia de tropezarse con un cadáver que aun no había sido rescatado y que, como una vaca muerta en medio del camino, se pudría bajo el sol. El cadáver, parecía ser un muerto sin dueño, de esos que las cifras oficiales no cuentan. Sus manos descuidadas, el pelo largo y grasoso, y los harapos que llevaba puesto indicaban que debía ser uno de los tantos infelices del área a quien nadie echaría de menos. A Sebastián le abrumó pensar que una persona hubiera vivido y muerto en semejante miseria. Era la primera vez que se tropezaba con un cadáver abandonado, y aunque trató de esquivar esa escena macabra, no pudo evitar ver que la fosa de la boca y la nariz eran un mismo enjambre de moscas. Tenía los ojos abiertos y su mirada daba la impresión que desde la muerte él continuaba escudriñando el mundo de los vivos.

La casa de su padrino estaba reducida a un montón de escombros y cenizas. Aun un monumental árbol de mango, que según decían los historiadores locales, había sido plantado por el mismo Francisco Valera y Mercado durante los preparativos de la fundación de Portobelo, quedó hecho astillas por los bombardeos.

Visitó los hospitales más cercanos, y los centros de la defensa nacional. La única información concreta que obtuvo fue que el número de desaparecidos había ascendido a más de tres mil, y que se temía superara los diez mil. Sebastián anduvo de punta a punta la ciudad, preguntando por sus familiares, y no los encontró ni vivos ni muertos. Luego preguntó a los vecinos de Las Bóvedas pero ellos se sorprendían de la noticia, pues ni siquiera les habían echado de menos. Sebastián continuó buscándolos, y preguntando por ellos aun a los desconocidos sin ningún resultado. Una trabajadora de la salud en el hospital general le dio el más piadoso de los consuelos: "no eres el único; medio Panamá está de luto." Y era cierto Panamá estaba divido en dos: los perjudicados que pensaban que era el final, y los que celebraban pues veía en la invasión una oportunidad ¿una oportunidad?

Los que celebraban eran los que hasta entonces habían vivido más cómodamente. Eran la clase media, y los más adinerados del país, que soñaban con sacarle una jugosa tajada a la inestabilidad que causaría la invasión. Gentes que se creían afortunadas pues los aviones bombarderos Stealth F-117 esa navidad no les lanzaron regalitos del cielo, de esos que pesan 2,000 libras de pólvora, y que al caer hacen *pun*; gentes contentas que no tuvieron la mala fortuna de ver detonarse en sus patios un proyectil Hell Five; ciudadanos felices que no vieron su hermoso cielo nublados de Blackhawks y Apaches AH-64; compatriotas escogidos del reino de éste mundo quienes por sus calles no vieron caravanas de Humers equipados con cañones de alto calibres disparándole a cualquier cosa que se moviera; afortunados, protegidos del Tío Samuel, que no fueron roseados por la lluvia de plomos de los AKs-103; favorecidos del dios de los misiles, que celebraron en caravanas multitudinarias cuando apresaron a el Cara de Piña.

Compatriotas privilegiados, que como no les importaba, no se preguntaron: "¿Y el jefe de Noriega no era el presidente George Bush? ¿Y el jefe desconocía lo que hacía su subalterno? ¡Caramba! ¡Qué interesante! Con razón dicen que la justicia es ciega" (Continuemos, éste no es un relato sobre gobernantes ricos, mentirosos e hipócritas)

Los afectados lamentaban sus muertos, lloraban por los familiares que no habían visto desde el primer día de la ofensiva armada, y por la desgracia de haber perdido lo poco que habían tenido. La experiencia les había enseñado que desde que el mundo es mundo, a los desposeídos siempre se les ha aplicado la ley del embudo: lo ancho pa' ellos y lo estrecho pa' uno.

Sebastián tenía un punto de vista un tanto diferente a estos dos grupos. A su forma de ver las cosas, no le cabía en la mente pensar que un panameño en sus cabales pudiera estar feliz a raíz de dicho desastre. Claro, el haberse deshecho del Cara de Piña era motivo de regocijo, aunque no al precio de tantas muertes. Sebastián Pensaba que, sin excepción, con esa invasión todos habían perdido: había perdido el que perdió el amigo, el que perdió un familiar, el que perdió su casa, el que perdió su negocio, el que perdió su empleo. Pensaba, además que aun aquel que se sintiera afortunado por no haber sido golpeado directamente, se engañaba pues había perdido el derecho, y la soberanía de vivir, y sentirse en un país independiente. Según Sebastián, a raíz de esa invasión el que mejor se sintiera debía sentirse como la víctima de una violación: golpeada abusada y humillada.

De la misma forma que un emigrante que está lejos de su terruño a veces siente deseos de volver a caminar esos caminos viejos que lo vieron crecer, de igual forma, ahora cinco días después del bombardeo regresaba Sebastián al Chorrillo, no ya con la ilusión de algún prodigioso hallazgo, pues para entonces su optimismo se había convertido un vertedero de esperanzas podridas. Ahora regresaba arrastrado por el viento de la nostalgia que lo empujaba a caminar por esas estrechas calles que le habían visto hambriento, pero feliz. De esa misma forma, dicen los historiadores, que Lenin, durante los últimos años emergía de los delirios de su demencia, y pedía que lo llevaran a caminar por los caminos de Simbirsk. Quería que lo acompañaran a pescar en el río Volga; que lo llevaran a la casa donde había crecido, y volver a ver su primera escuela en donde aprendió a leer: "Lobo se escribe con "L, y "La araña come arina." Claro que Sebastián no estaba demente, ni usaba una boina negra, ni tenía una barbita de chivo, ni tenía ninguna convicción política, ni mucho menos había guiado al proletariado ruso a una revolución arrasadora; esto es solo un ejemplo.

Sentado entre las ruinas que habían quedado, Sebastián recordó la leyenda que había leído, o le habían, contado (esos detalles ahora no importaban) sobre un sobreviente. Se trataba sobre el último sobreviviente de un pueblo indígena durante los primeros años de la conquista del continente americano. La historia era más o menos así: los conquistadores al mando de Francisco Pizarro habían llegado a una población. Sin preámbulos pasaron por las armas a todos los habitantes, y procedieron a incendiar sus casas. Un poblador que veía su inminente fin antes de que pudieran atraparlo se echó entre los muertos, y pasó desadvertido.

Cuando los enemigos se retiraron, y aquel indio se puso de pie contempló las destrucciones, y los cuerpos mutilados de aquellos que habían compartido con él hambre, y la comida, y supo que no valía la pena estar vivo. Sintió desprecio, lástima y asco de sí mismo. Y comprendió que vivir apartado de los suyos es peor que la misma muerte.

Ese episodio ocurrido, hacía casi ya cinco siglos volvía repetirse. Ahora otro pueblo quedaba hecho cenizas. El fuego volvía a reinar entre las ruinas de otro pueblo en las Américas. La fuerza volvía a imponerse sobre la razón. Al igual que aquel sobreviviente de antaño, Sebastián sintió lástima de estar vivo. Pensó que podía ser cierto que el tiempo no es más que una ilusión; un parámetro inventado por los hombres para sincronizar el orden de los eventos, y las veces que nace y se oculta el Sol. Pensó que era posible que en la comedia del tiempo solo cambien los escenarios, y los actores pero el teatro, y la obra sigue siendo la misma. Se imaginó prisionero en un tiempo imperecedero, como en un cuadro de Dalí entre relojes derretidos, un desierto y un mar muerto; preso de una persistente memoria.

Así, como después de cada tormenta llega la calma, un misterioso silencio reinaba sobre El Chorrillo esa tarde. Una brisa tenue, y fúnebre como escapada de las páginas del apocalípsis soplaba sobre las ruinas. Sebastián interpretó ese soplido como una muda premonición de que mucho tiempo después, cuando la estirpe humana desaparezca del planeta, un viento similar continuará soplando sobre las ruinas de las ciudades desbastadas y sobre los campos de guerra.

Entre los desechos, Sebastián observó lo que parecía ser el resto de un aviso de esos que se colocan a la entrada de los colmados y que anuncian: "Hoy no fío, mañana sí". De aquel rótulo solo había quedado la frase *mañana sí,* como un pronóstico interrumpido y a Sebastián se le ocurrió pensar que aquellas cuatro sílabas, era la revelación de su porvenir aún no trazado por las manos del destino. Esa frase podía completar un sin número de posibilidades que podía encerrar peores infortunios. Había leído alguna vez, que los optimistas son unos irracionales porque se resisten a aceptar la veracidad de la realidad. Por ejemplo, pensaba, que no importaba que tan optimista él hubiera pues de todas formas en ese momento para él el mundo no era más que una gran mierda. Se sentía insignificante como una partícula de polvo volando en la oscuridad del universo. Se marchó, arrastrando los pies, y durante el camino de regreso, la frase "mañana sí" le continuó resonando en la cabeza como el sonido de campana agrietada.

El Land Rover de César estaba aparcado frente a su casa. Sebastián no le preguntó cómo él se había enterado de esa desgracia, porque de seguro César le hubiera contestado algo así como: "hay cosas que se saben." Estuvieron un gran tiempo sin poder hablar. César no encontraba que decirle, y Sebastián no sabía cómo comenzar a saltar las tantas barreras que de un golpe le había presentado la vida. La mochila, y el bulto de acampar de César estaban en la cocina, junto al morral que Sebastián había traído de la selva. Un instante después tomaron un autobús que los llevó hasta Calabazal cerca de la frontera con Costa Rica. Luego cruzaron Costa Rica, y el resto de la américa central. Seis meses después de haber regresado a Panamá, César, acompañado de Sebastián regresaba por la frontera hacia Los Estados Unidos. En la primavera del 1990, llegaron a Nueva York.

Tercera Parte

Durante los ochenta y los noventa Williamsburg, Brooklyn, era un nido de prostitutas, drogadictos y matones. En cuanto a violencia, Williamsburg, mejor conocido en entre los hispanos de la ciudad como Los Sures, era el equivalente del peor barrio de Chicago en los años treinta. En los oscuros edificios de los Sures no era extraño ver a los adictos inyectándose heroína en los vestíbulos, o sorprender dos amantes fornicando desesperadamente, o ver a dos caerse a tiros en plena calle, o tropezarse con el cadáver de una víctima por una sobredosis de morfina. Por esos días solo los bravos, o los desesperados se arriesgaban a vivir en ese rincón abandonado de la ciudad de Nueva York.

César y Sebastián habían decidido que cualquier lugar del mundo era una mejor opción que Panamá. Sin empleo ni, nadie que respondiera por ellos, y sin documentos legales, alquilaron un apartamento en los Sures cerca del East River. El edificio estaba localizado a dos cuadras del tren y apenas a unos cuantos pasos de la estación de los autobuses. Pagaron por adelantado tres meses del alquiler por el apartamento 4-A, en el 2004 de South Forth y resolvieron probar suerte en la ciudad.

¿Qué fue lo que más le sorprendió a Sebastián de Nueva York? Lo mismos que a todos los emigrantes: los grandes rascacielos, la disciplina de la gente, que hacía fila hasta para cruzar las calles. Se rascaba el cuero del cráneo cuando veía los largos puentes, que por las noches lucían diamantados. Se maravillaba con los músicos de Washington Square en Manhattan, que tocaban como maestros las obras de Bach, las de Beethoven y las de todos los músicos clásicos que él conocía. Sebastián se sorprendió, además, con las avenidas de Manhattan, tan largas como condenas, y tan limpias que daba lástima tener que caminar en ellas. En el bajo Manhattan se sorprendió de las bellezas italianas que desfilaban en la fiesta de San Genaro. Mujeres increíblemente hermosas, que parecían ignorar que tan bellas eran. Otras cosas que le causaba, no admiración, sino más bien sobresalto, fue el tren J que pasaba por Los Sures con una estridencia de hierro y madera, que parecía como si el mundo se estuviera acabando. Le sorprendía ver los interminables embotellamientos de autos en horas de la mañana y por la tarde; el afán de la gente en las calles, y se alarmaba de los viejos, y sucios edificios del barrio a punto de derrumbarse.

Como César había vivido ya en la cuidad, y la conocía de punta a punta, llevaba a Sebastián a conocer Coney Island, la estatua de la libertad, el Zoológico del Bronx, el Parque Central, el recién abierto Museo de los Emigrantes en Ellis Island y lo llevó a pescar a la playa de Rockaway. Sebastián se dejaba guiar por César, con la misma sumisión que un marinero inexperto escucha consejos sabios de un capitán que ha navegado los siete mares. Sin embargo (pongan atención hombres jóvenes, quizás aprendan algo) eso que parecía sumisión no era más que una astucia del amor. Mientras recorrían la cuidad de oeste a este y de sur a norte, Sebastián no hacía más que preguntarse: ¿en cuál de estos barrios viviría Beatriz?, ¿Se habría casado con el mequetrefe ese que me la quitó? ¿Qué será de su vida? ¿Continuará siendo bibliotecaria como en Panamá? Y la más importante de todas sus preguntas: ¿Se acordará de mí? Si, de seguro que se acordará de mí, pero ¿pensará en mí?

Quizás era que algo por dentro le decía a Sebastián: "encuéntrala y será tuya", tal vez era que el sortilegio de seducción que él había tramado en Panamá estaban haciendo efectos, en orden inverso, en New York, o tal vez era el simple hecho de que a una mujer a quien se conoce desnuda se le tiene un cariño especial, pero lo cierto era que aunque había decidido no pensar más en ella, continuaba con su imagen como un disco dándole vuelta en la cabeza. Madre de Dios, hubiera dado la mitad de su vida por volver a verla. Como ustedes saben, aun a estas alturas de la humanidad, no se ha podido decretar un reglamento para controlar las intenciones del corazón, así que sean compasivos, y comprendan la ansiedad que embargaba a Sebastián.

Ese callado deseo de encontrar a Beatriz hizo que un sábado por la mañana, durante sus primeras semanas en Nueva York Sebastián saliera a caminar. A César, que continuaba durmiendo, le dejó sobre la mesa un mensaje absurdo: "salí a buscar mi media guayaba." A veces él decía o escribía pendejadas así, de las que luego se moría de la risa. Como desconocía la ciudad, es fácil entender que salió sin rumbo fijo. Como un barco balero se deja guiar por el viento, así se dejó él guiar por los impulsos del corazón. No tenían un teléfono instalado, y mucho menos un celular, pues para entonces los avances de la comunicación telefónica andaban gateando por algún oscuro rincón, en la edad de las cavernas. Hubiera parecido una demencia salir solo y sin conocer la ciudad, pero así son los hombres enamorados: absurdos, contentos y de lo más complacientes.

Sebastián se encaminó por el carril de los peatones y atravesó el puente Williamsburg. Continuó por la calle Delancey. Atravesó las calles Essex, Allen, Eldrige, Bowery y continuó atravesando calles hasta llegar a Broadway. Dobló a la izquierda y prosiguió caminando en dirección sur. A veces se detenía maravilladlo para contemplar la altura de los rascacielos, y los miraba como David debió observar Goliat: con admiración y pánico. El tamaño colosal de los edificios hizo que le acudiera a la memoria la imagen de lo que había quedado de un suicida que había saltado de un décimo piso en Panamá. Minutos antes de que la policía hubiera llegado al lugar de los hechos fueron cientos, los que presenciaron el desparrame que había dejado el pobre diablo al caer. Era una escena tan grotesca, que si la víctima hubiera sabido como luciría después del salto, de seguro hubiera hecho algo diferente, para evitarles esa vergüenza a sus familiares. El cuerpo de rescate de la policía lo tuvo recoger con una pala, y los bomberos tuvieron que valerse de una manguera a presión para disimular el pañete que había quedado en la acera.

Siempre que pensaba en el suicidio y en los suicidas, a Sebastián se le erizaba la piel y se preguntaba "¿qué cable se le habría pelado para que terminaran así? Había pensado que el suicidio además de ser un refugio para los cobardes, era una forma indecorosa de morir. Opinaba que si alguna vez se veía tan acorralado que tendría que recurrir a inmolarse, primero procuraría preparar la cama, doblar bien las sábanas, y limpiar el cuarto. Se daría un buen corte de pelo, se afeitaría, se cortaría las uñas, vestiría su mejor ropa, y de tener tiempo, se pondría una flor en la solapa y hasta se daría una retocadita con carmín de labios. Solo entonces, haría un batido de frutas con su veneno, se lo tomaría, y se acostaría elegantemente a esperar su muerte.

Sin embargo, desde esa noche en que, pensando en la fuga de Beatriz, consideró acabar con su vida, su actitud ante ese tipo de muerte había cambiado considerablemente; sentía cierta compasión por ellos. Era menos cínico, opinaba lo mínimo al respecto, aprendió a sentir lástima por los suicidas y se decía para sus adentros: "pobre gente, sabrá Dios lo que estaban sufriendo."

Más aun, la turbación que le causó el haberse tropezado con la muerte de una forma tan inesperada, hizo que a finales de ese año escolar, escribiera un ensayo sobre ese tema. En él planteaba que los muertos más afortunados eran los ahogados, porque terminaban la vida sin un rasguño, llenos y limpios. Se ganó una F. Luego continuó escarbando sobre el tema de la muerte y Basándose en un fundamento completamente empírico, escribió otro ensayo, casi igualmente· inútil, que le sirvió para ganar cierta admiración entre las pibas, y sobre todo, entre los compañeros de estudios dados al bandidaje. Su documento se basaba en una teoría propia que sugería: "si alguien desde un avión de pasajeros, a diez mil pies de altura, dejara caer un centavo al vacío, la velocidad de esa pequeña moneda puede ser tal, que de impactar a una persona, lo mataría al instante." En esa ocasión su puntaje académico no fue tan gravemente afectado, pero ese resultado le recordó que debía continuar estudiando lo que más le gustaba: las ciencias naturales.

En la escuela nunca le habían gustado las matemáticas; pensaba que los números solo servían para complicar las cosas. Como su falta de interés hacia esa materia le despertaba aun menos curiosidad que saber, para dónde se fue el padre a pie, Sebastián había saltado de curso en curso, con notas sobresalientes en casi todas las materias, excepto en las áreas relacionadas con números y símbolos. Concebía el uso las matemáticas de la misma forma que había pensado en comerse una ardilla: bajo condiciones que prefería evitar. Se había preguntado cómo era posible que científicos como Newton, Galileo y Copérnico hubieran invertido tantos años de sus vidas a estudiar números. ¿Es que no se aburrían? De haber sido posible tomarle una radiografía al intelecto de Sebastián, esta hubiera lucido como el cuerpo de un tullido que ha dedicado su vida a levantar pesas, y desarrolla un dorso de guerrero pero con las piernitas de una rana. Como detestaba los números hasta más no poder, él tenía una noción apenas básica sobre física, y el efecto de la gravedad, aunque claro, lo suficiente para saber que un suicida al caer desde muy alto causa poco impacto en el pavimento. O: saber que el efecto de esta ley puede ser desastroso para un hombre que se le ocurra correr una maratón desnudo. Ah, sí también sabía que la gravedad perturba los senos de las mujeres al caminar; y que su efecto es de gran beneficio cuando se intenta mirar por el descote de una chica que se inclina para coger algo del suelo.

Caminando, como hipnotizado, mirando los rascacielos, continuaba pensaba todo tipo de cosas. Se detuvo en el 180 de Broadway cuando descubrió a una turba de Turistas, entre ellos había algunos que hablaban español, y eso lo estimuló a seguirlos. Subió con ellos al área de observación de una de las torres gemelas y desde allí vio la ciudad gris y en calma. A los lejos veía a Brooklyn remoto, mustio y aplastado. Parecía un diminuto y antiguo pueblo de construcciones monolíticas, erizadas a un dios enano. Al oeste, al cruzar río, estaba Nueva Jersey, cuyo destino parecía estar marcado por el horizonte plomizo y por las nubes negras del humo que salía de las factorías. Desde el techo de una de las torres gemelas los edificios altos de Manhattan, lucían muchos menos imponentes y las largas avenidas parecían cicatrices en la piel de un domador de fieras que ha sobrevivido a múltiple accidentes de la profesión.

Los turistas se espaciaron en el techo, como abejas en una planicie de flores. Sebastián observaba la ciudad desde las alturas, como el sol mira a los tejados. Se preguntaba ¿en cuál de esos lugares estará Beatriz? Y esperaba que la rosa de los vientos le guiara con un soplo de aire en dirección de su amada, pero no recibió ninguna señal. Sabía que el amor suele ser despiadado, que los amores perfectos solo existen en los cuentos de hadas, en las telenovelas y en las películas baratas. Sabía que era una torpeza tratar encontrarla en una ciudad tan inmensa como Nueva York, pero sabía también que las víctimas de los amores contrariados solo tienen dos opciones: luchar hasta el final o morirse de amor. Pensándolo bien, solo tienen una obsesión: luchar hasta el final, pues nadie se a muerto de amor, excepto en un poema de José Martí.

Miraba a la gente en las calles, que parecían hormiguitas diligentes en busca de granos azúcar. Ahora, en esa azotea se le ocurrió recordar su absurda teoría sobre el centavo al caer de una gran altura. Pensó, que si una monedita podía causar un gran daño, la destrucción que causaría al caer una moneda más grande, como la de un cuarto de un dólar, sería devastadora. Cuando ya se marchaba, extrajo del bolsillo un dólar de plata para lanzarlo al vacío. No obstante recordó que esa mañana había desayunado rebanadas de yuca hervida acompañadas con una palangana huevos revuelto con salchichas (los ingredientes perfectos para un hermoso vómito). De seguro que al volver a la calle y presenciar la victima de su dólar de plata rajada por la mitad, esa visión nauseabunda, le alborotaría las tripas, y sin la menor duda vomitaría el desayuno. Recapacitó, y pensó que hubiera sido una lástima tener que tirar un desayuno tan delicioso. Así que guardó su moneda nuevamente en el bolsillo. De esa forma no hubo victima que lamentar, ni desayuno que desperdiciar.

Tomó Broadway de regreso. Se maravilló nuevamente con los grandes edificios, las tiendas impecables cargadas de objetos extravagantes, con la prisa de la gente, admiró una bandada de palomas que revoloteaban por todas partes, vio desamparados deambulando en las calles, y le parecían personajes ilusorios, y se preguntaba ¿Cómo es posible que haya desamparados entre tanta opulencia? Para no extraviarse, se guió usando los grandes edificios como puntos de referencia. Al norte estaba el *Empire State Building*, que parecía una jeringuilla gigante; al sur estaban las torres gemelas; al este estaban los puentes que conducen a Brooklyn y al oeste, desde cualquier distancia se podían ver las nubes de humo de las chimeneas en las factorías de Nueva Jersey. Sabía que desde cualquier lugar del bajo Manhattan podía localizar el puente Williamsburg; solo había que subir a un piso alto y desde allí mirar hacia el este de Manhattan.

En la esquina de Broadway y Canal, hizo un atajo y entró al barrio Chino, en cuyas calles había tantos objetos de piratería, que nunca antes, en esta ciudad se había sentido tan cerca del canal de Panamá. Vio ancianos ciegos, de rostros lampiños, como en las películas de Kung-fú, escuchó los gritos de vendedores ambulantes que vendían naranjas tan grandes como cocos, vio farmacias con anaqueles repletos de fifarrañas para engañar las dolencias del cuerpo; vio un ventorrillo, cuyo letrero anunciaba: *autentica uña de gato, cartílago de tiburones y alas de dragones*. Vio en las vitrinas de los restaurantes patos asados colgando por el pico, calamares gigantes hervidos en salsa de soya, deliciosas ancas de ranas, y otras delicias orientales que no se hubiera aventurado a probar; vio en las pescaderías ejemplares, aun vivos, abierto en canal, tortugas, saltamontes, escarabajos y sapos para comer.

En la esquina de Canal y Mulberry tuvo una corazonada inexplicable. La certidumbre de que Beatriz esta cerca de allí se apoderó de él. Era un presentimiento que no podía justificar valiéndose de sus cinco sentidos, pues no había visto, ni escuchado, ni olido, ni probado, ni rosado nada que le asegurara su presentimiento, y sin embargo, en esa certidumbre no había espacio para la duda. Era algo más que una sospecha; era más bien, algo así como una fuerza sensorial, una intuición, una aprehensión, una vibración, un raciocinio, un ilógico acierto hacia a lo infalible. No sabía cómo explicarlo, pero si él hubiera creído en Dios hubiera dicho que era una experiencia religiosa, si hubiera sido un gurú, lo hubiera atribuido a un mensaje del más allá, y si hubiera sido Peter Parker, hubiera dicho que era su instinto arácnido. Beatriz estaba cerca no tenía dudas. ¿Quién dijo que solo tenemos cinco sentidos? -Se decía justificando esa extraña sospecha. Si así fuera, entonces ¿cómo justificar el sentido de la orientación, las sospechas y las premoniciones? Sin duda somos capaces de hacer cosas que parecen fantásticas, -continuaba diciéndose, buscando una razón para justificar ese extraño presentimiento. Buscó a Beatriz entre el hormiguero de la calle Canal, entre los restaurantes, entre las tiendas de ropa, en los ventorrillos de frutas y en las pescaderías, y no la pudo encontrar. Estaba tan desesperado por verla que de encontrarla se hubiese lanzado de rodillas ante ella y le hubiera dicho en su mejor Ingles"*give me a chance, mamacita*"

El medio día lo sorprendió, y él continuaba como un sabueso rebuscando entre la muchedumbre. Solo dejó de buscarla cuando tuvo consciencia de lo absurdo de su situación. No tenía motivos para pensar que su sospecha fuera certera. Además, aunque así hubiera sido, ¿Qué lograría? ¿Verla feliz y contenta abrazada de su novio? ¿Amargarse la vida al ver la deformación de su vientre, ante los efectos de un embarazo? Aun, si la hubiera visto a solas, ¿Qué le hacía pensar que ella no lo rechazaría, como en Panamá? Resolvió no continuar con su ilógica búsqueda.

Era la primera vez que experimentaba esa sensación tan peculiar, y tratando de explicarse lo sucedido, pensó que podía ser el efecto de adaptación del cuerpo a una temperatura y a una posición geografía diferente. Había escuchado de casos, en los que el proceso de adaptación de los inmigrantes a un meridiano diferente había sido tan radical que había causado pérdida súbita del pelo, cambios de personalidad, retardo mental, y en los casos más extremos, una amnesia tal que los recién llegados olvidaban el lenguaje natal, y hasta se avergonzaban de sus raíces culturales. Desalentado, caminó en dirección norte, por la calle Mott. Encontró la calle Delancey, desde donde pudo regresar sin extraviarse.

Durante los días que procedieron a esa experiencia, Sebastián estaba desconcertado. Su certidumbre nunca le había fallado, y esa experiencia en la calle Canal, había sido más que una mera sospecha. No tenía dudas, Beatriz había estado cerca de él, y se echaba la culpa por no haberla visto. Buscaba cualquier excusa para volver al barrio chino. Iba desde Brooklyn hasta la calle Canal, en Manhattan a comprar naranjas, pescados y vegetales chinos que no sabía ni como se podían comer. Se enteró que no muy distante de ahí estaba la universidad BMCC, y convenció a César para que le acompañara a la oficina de admisión para que le ayudara a entender como inscribirse. El primer inconveniente que encontró fue el hecho de que él no poseía un certificado de bachillerato. César lo llevó a una escuela para adultos localizada en la calle Sulfulk, entre Delancey y Rivington. Allí tomó clases nocturnas y le ayudaron a obtener el diploma de equivalencia del bachillerato que necesitaba para ingresar a la universidad. El segundo tropiezo fue la opinión de César, quien prefería que estudiara en el Bronx, en HCC en donde podría aprender inglés y tomar clases en español. Sebastián no quería ni desperdiciar el tiempo, ni desconfiar de la experiencia y la buena intención de César, y sin pensarlo dos veces se inscribió en el colegio comunal Eugenio María de Hostos; comenzó en el otoño del 1993.

Ese mismo año César fue a la universidad de Columbia y pidió un duplicado de su carnet de identificación de estudiante. Luego los dos visitaron a Daniel Cruz, el gallego, amigo de César, propietario del restaurante El Burro Loco. César le pidió un favor: una carta suya testificando conocer a Sebastián desde hacía más quince años. A finales del otoño César y Sebastián visitaron las oficinas del departamento de inmigración; solicitaron la amnistía y mostraron los documentos que demostraba que ambos habían estado viviendo, en el país desde antes del 1981.

En el colegio comunal Eugenio María de Hostos, Sebastián entabló relaciones con estudiantes que provenían de todos los rincones del continente americano. Habían emigrantes Haitianos, que se sentía más perdidos que él, pues no sabían ni español ni Ingles; hizo amistad con indígenas del Perú, con excombatientes del FMLN, conoció una ahijada de Alfredo Stroessner y fue compañero de clases de varios reaccionarios latinos que decían barbaridades sobre los movimientos guerrilleros que habían surgido en América latina. El profesorado de Hostos, al igual que los estudiantes usaban la institución de trampolín para saltar más alto. Estos aparecían un semestre y desaparecían al siguiente. Allí Sebastián tomó clase de inglés con un juez de Las Filipinas que terminó siendo magistrado en las cortes del bajo Manhattan. Aprendió historia de Latín América con un abogado Uruguayo, matemáticas con el ex ministro dominicano de economía, y clases de biología con un médico puertorriqueño, caído en desgracia por un asunto de faldas con la esposa un senador.

Para ganarse la vida, César y Sebastián tocaban en los parques cercanos a la alcaldía en Manhattan. Eso, aunque era suficiente para saldar los pagos del alquiler, no les daba para nada más. Gastaban lo indispensable y sufrían la tortura de tener que quedarse encerrados en el apartamento las noches de los fines de semanas, pero por lo menos tenían el orgullo de decir que había cierta amistad entre ellos y el dueño del edificio, entre otras razones, porque nunca se habían atrasado con el pago del alquiler. Durante los meses de invierno tocaban en el tren, y los viernes y los sábados se presentaban en los restaurantes de los Sures y en los de East New York, en donde los permitían cenar gratis o a precios módicos

Los días libres Sebastián se los pasaba tratando de vender filtros para agua; un negocio, que aunque prometedor dejaba pocos dividendos. Tenía que invertir gran parte de su tiempo para convencer a los posibles compradores, quienes a su vez traban de convencerlo a él de que el agua de Nueva York era la más pura del mundo. César estaba de lo más contento con la rapidez con que Sebastián iba trepando por las enredaderas del progreso; sabía además, que mientras más ocupado estuviera, menos tiempos tendría para pensar en amores imposibles. Otra razón que alegraba el corazón a César era saber que su pupilo estaba siendo cada vez más independiente económicamente. Él por su parte, estaba haciendo gestiones para conseguir empleo, aunque no se preocupaba por el futuro propio, tanto como por el de Sebastián, pues sabía que su diploma de *Teachers College* era una puerta abierta hacia un futuro próspero. Había pensado ya en mudarse para Manhattan, aunque sin apresurarse, pues no quería dejarle a Sebastián, la responsabilidad del alquiler del apartamento en donde vivían. Sabía que abandonarlo a su suerte con los gastos del alquiler, hubiera sido lo mismo que ponerle una soga al cuello.

Así, como llega el calor del verano despertando los gérmenes y estimulando el mal humor, así le volvió la angustia a Sebastián. Sentía una gran frustración cuando recordaba que habían pasado ya dos años, y no había podido encontrar a Beatriz. Su tribulación era evidente en la poca paciencia que tenía para hablar de precios con los clientes que les compraban los filtros, y meses después de iniciar su empresa intentó venderle la idea a un vecino del edificio, pero éste le contestó que él ya había intentado ese negocio y había fracasado.

Andaba siempre mal humorado. En la universidad buscaba la mínima excusa para desahogarse de su frustración. En una ocasión, por el simple hecho de que un compañero de clase, por descuido, o por ignorancia, llamó a los emigrantes indocumentados "ilegales", poco faltó para que él lo agrediera físicamente. Se tomó la palabra y el resto del tiempo restante que quedaba del período de clase para corregirlo y nadie se atrevió a contradecirlo. Entre otras cosas le dijo:" compañero no se ofenda, pero esa es una expresión digna de los ignorantes, y de los racistas anti-emigrantes. Ese es un término cruelmente despectivo contra los indocumentados". –Y continuó -"Un acto puede ser ilegal, un documento pude ser ilegal, una intención puede ser ilegal, pero una persona es algo más que un acto, que una intención o un objeto. Una persona que no tiene documento, es simplemente un indocumentado.

Es bueno que se sepa que el término ilegal, es un esfuerzo más para denigrar a los emigrantes. Por favor compañero, no cometa esa falta. No sea uno de los millones de papagayos que repiten los que han escuchado, sin detenerse a pensar lo que están diciendo. No ofenda la inteligencia de lo que aquí estamos, con semejante barbaridad; sea más condescendiente con los que tanto han perdido." Felizmente, para su acorralado compañero de clase, el reloj marcó el término del período. Aunque los compañeros de clase celebraron su temeridad con un estruendoso aplauso, esa tarde Sebastián se ganó un enemigo de por vida. Este, claro, no sería el primero, ni el último de los casos en que Sebastián se ganaría el desprecio de un compañero de recinto.

Durante los dos años y medio en que estuvo en el colegio comunal Eugenio María de Hostos, aunque fue muy querido por el profesorado y popular entre las muchachas, no tuvo muchos amigos. Además de su mal humor, sentía una secreta antipatía por los emigrantes que por el afán de integrarse a la nueva sociedad, incurrían en una serie actos, desde su punto de vista insoportable, como el hecho de llamar a los países pobres "países del tercer mundo." Detestaba a los emigrantes que se daban a justificar las atrocidades que cometían los presidentes latinos; le causaba rabia aquellos emigrantes que veían las agresiones estadounidenses hacia los países pobres, como un mal necesario; no podía ni ver a los latinos nacidos en Estados Unidos que no sabían hablar español; aborrecía escuchar el término "americanos" solo, y exclusivamente, para referirse a los estadounidenses, mientras que usaban nombres gentilicios cuando se referían a los latinoamericanos nacidos en otros países del continente americano. Odiaba los anglicismos en medio de una conversión, y consideraba aun peor el español mal hablado. Lo enfurecía cuando, a pesar de su esfuerzo por pronunciar con claridad las palabras en inglés, no lo entendían y le hacía preguntas como: ¿Qué quiere decir?, ¿Cómo?, ¿qué?, ¿Puedes repetir lo que dijiste? "No entiendo lo que quieres decir... -¡Pendejos, tarados de mierda! ¿Por qué no me entienden? Los que lo conocieron durante esos años en la universidad recordarían de él a un tipo frustrado.

El era consciente de su antipatía hacia los demás y lo atribuía a la falta que le hacía Beatriz, pues la extrañaba como el cielo a la estrellas, o como un barco al mar. Le hubiera gustado olvidarla para siempre y aprender a vivir sin ella. Anhelaba enamorarse de nuevo, encontrar a quien dedicarles sus canciones solitarias. Se hubiera conformado con cerrar los ojos y entonar una canción y ver otro rostro, y otro cuerpo y escuchar otra voz que no le recordara a Beatriz. No le importaba que ese nuevo amor fuera como un analgésico, que aunque no quita el dolor, lo disimula y lo hace soportable. En la universidad habían muchachas hermosas, sin dudas, pero no llegaba a enamorarse de ellas. Las habían rubias dignas de posar revistas en modelajes, habían morenitas altivas, coquetas y más bellas que una mentira; habían trigueñas de cuerpo esbeltos y de caminar de gacelas que hubieran hecho rumiar a un monje lama, pero no a Sebastián. Beatriz se había convertido en la medida equilibrada de cuanto él deseaba. Las otras muchachas les parecían muy altas, o muy bajas. Eran, o muy delgadas, o estaban pasadas de peso; sus sonrisas podía ser bonita, pero no le gustaba sus formas de caminar; sus cuerpos podían ser de diosas, pero sus caras decían otra cosa. Una, o dos veces al año conseguía llevarse a algunas a la cama, pero esas conquistas solo lograba desconsolarlo aun más, pues la otras chicas les parecían que tenían las mismas consistencia que el agua: eran insípidas, incoloras e inoloras. Buscaba entre las otras chicas alguna semejanza física con Beatriz y como no la encontraba se sentía a un más desdichado. La esperanza de volver a verla se le desvanecía como el alcanfor a la intemperie. Pesaba sobre él, el presentimiento de que ella ya no lo recordaría, y que si acaso pensaba en él, era como quien recuerda a un guerrero herido y derrotado. Se deprimía pensando que desear a Beatriz era lo mismo que observar a una estrella: la contemplas y eso es todo, pues sabes que nunca llegaras a ella.

Durante los primeros días de la primavera del noventa y cuatro, César recibió el resultado de un examen estatal que había tomado para obtener su licencia de maestro. Quince días después recibió su certificado y semanas más tarde lo emplearon en una escuela pública como maestro de español. Para celebrarlo César y Sebastián planearon ir al Copacabana acompañados de dos amigas. Esa noche, la orquesta de Tito Puente tocaría hasta el amanecer. Aunque sabía bailar bachatas y merengues, Sebastián no era un gran bailador de salsa, más bien parecía tener dos pies izquierdos. Había estado un tanto preocupado, pues no quería hacer el ridículo, y mucho menos delante de Dolores la amiga que lo acompañaría, y por quien él sentía algo parecido a una atracción. Para que se tranquilizara, César le enseñó unos cuantos pasos, que le dieron la confianza necesaria para que se atreviera a bailar en una pista inundada de bailadores puertorriqueños.

Dispuesto a sudar a chorros, César se llevó dos camisas y cuando la música, por fin comenzó, éste se abrió en la pista, como un pavo abre la cola para llamar la atención. Movía los brazos como diciendo ¡aplaudan! Y seguía el ritmo de la música con los pies, con una precisión de cronómetro. En ocasiones volvía a su asiento y se sorbía una cerveza de una sentada; volvía la pista a toda prisa en donde su pareja lo esperaba como si nada hubiera pasado. Como los temas musicales duraban hasta diez minutos, al final del segundo descanso de los músicos, César había tomado más Cerveza, que un caballo agua.

Nunca antes Sebastián había visto a César más alegre que esa noche. Hablaba mirando a la gente que volvía a tomar posesión a sus mesas, y con una sonrisa de oreja a oreja miraba la pista desierta, como decidido a cobrarle todo el tiempos que había dejado pasar sin bailar. Antes que los músicos se situaran frente a sus instrumentos, César estaba ya en la pista listo para continuar. A la media noche y después de haber tomado tanto, era más que evidente los efectos del alcohol en César. Estaba que todo le causaba risa, y andaba poseído de una agilidad que solo algunas drogas son capaces de causar. Mónika su compañera de baile, quien no bailaba nada mal, parecía una novata a su lado. Esa noche, en el Copacabana, César era una celebridad.

La gente se quedaba con la boca abierta antes sus pasos de baile. El mejor bailador de salsa de Puerto Rico hubiera parecido un principiante a su lado. El Rey del Timbal le tocó "Mucho Macho" hasta el punto que la gente tuvo que volver a sus mesas para tomar un descanso, y lo dejaron a él y a Mónika en medio de la pista bailando como dos endiablados. La algarabía fue tal, que Mónica, intimidada por el escándalo de los gritos y los aplausos, se replegó, en un rincón y lo abandonó a su suerte. César se había convertido en un tigre con zapatos (una forma de decir, pues, los tigres no bailan, ni usan calzados). Una veterana de entre la multitud, que no pudo más soportar el cosquilleo en los pies, le echó el brazo y lo acompañó a bailar. Vestida de rojo de la cabeza a los pies, parecía una aparición. ¿Quién creen ustedes que era esa señora pasada de edad? Si adivinaron, bien, si no, les ayudo; era la abuela de Trinidad, la mejor amiga de Beatriz, que siempre andaba de fiesta en fiesta. La abuela de Trini movía el cuerpo con unos pasos seductores, y atrevidos, imposibles para una mujer de su edad. Vestida como estaba, si hubiera tenido un cigarro en la boca y se hubiera amarrado un pañuelo negro en la cintura, la gente hubiera creído que se trataba de la abuela de Celia Cruz, que se había escapado del sanatorio, porque de igual manera decía: ¡Azuca!

Ya para entonces el alcohol y el cansancio hacían estragos en César. Este había comenzado a improvisar con pasos de Rock and roll, de Cha-cha-cha, de Flamenco, y de Mangulina. La abuela de Trini continuaba bailando como un trompo y se mordía los labios de placer, en un éxtasis que daba mucho de qué hablar. Ella apenas estaba calentando los motores, pero César por el contrarío, iba ya cuesta abajo por el declive de su efímero pináculo. (Dije su pináculo, no su pina culo) César comenzó por dar saltitos como a quien le falta el oxígeno. Movía el pie derecho con unas contorsiones, que eran más dignas del hombre de goma, que de un chulo de la pista de baile. Sebastián desde su mesa lo miraba como diciendo: "baboso, deja de saltar tanto". Pronto el Rey del Timbal terminó la pieza y los músicos se retiraron a descansar. César abandonó la pista derrotado, pero ni cuenta se dio. La derrota no siempre es amarga. César estaba tan bebido, que se desplomó en la silla, y no entendía ni por qué la gente hacía tanta bulla, y le preguntaba a Sebastián: ¿Mandi, porque hacen tanto escándalo? Minutos después, temiendo que perdiera el conocimiento por esa gran borrachera, Sebastián y sus dos amigas se marcharon llevándose a César, casi a rastras. Costó trabajo ponerlo de pie y ayudarlo a bajar la escaleras del tren subterráneo. Tomaron el tren "A" hasta la estación de la calle 42, y allí un tanto decepcionada, pues había soñado con una mejor noche, Mónika, la pareja de César, sin pensarlo dos veces, los abandonó y tomó el primer tren con dirección a el alto Manhattan.

Como pudieron, Sebastián y Dolores cargaron con César por el interminable túnel de Time Square. Luego tomaron un segundo, un tercero, y un cuarto tren que los llevó a Los Sures. Es un sacrificio andar con un borracho a cuesta, pero si éste, además de no poder con su cuerpo, le vomita a uno encima, y se la pasa cantando "no estaba muerto andaba de parranda," ese suplicio se convierte en una zozobra de esas que despiertan en uno deseos de matar. A decir verdad, no era para tanto, como para matarlo, aunque a Sebastián poco le faltó para dejar a César abandonado en la acera. Les tomó una eternidad regresar a casa y cuando por fin llegaron, fue un trabajo de penitente subirlo hasta el cuarto piso. Lo llevaron a la cama en donde lo acostaron con los zapatos puestos.

La experiencia de aquella noche fue tal, que cuando Sebastián y Dolores, bañados en sudor, se sentaron a descansar y se miraron a los ojos, era como si se hubieran conocido hacía ya mucho tiempo. Ella le pidió prestada dos toallas que Sebastián presuroso sacó de un cajón. La vio dirigirse al baño y se preguntó: "¿Para qué dos toallas?" pero comprendía que él era un principiante en asuntos de mujeres, y se quedó abanicándose el sudor sentado en el sofá. Minutos después, cuando la vio salir del baño a medio vestir, se quedó sin aliento. Se dijo: "¡ju! no se ve nada mal. ¿Qué estoy diciendo? Si está buenísima. ¿Cómo es posible que no me hubiera fijado en ella antes? Aun el tatuaje que lleva en la pantorrilla le quedaba perfecto." Sintió un nudo en la garganta, frío en el estómago y se le erizó la piel del cuero cabelludo. La vio cruzar frente a él, como se ve a las cosas imposibles; como a una visión de los dominios de Morfeo, cuya presencia anuncia secretos deseos. Ella se perdió detrás de la puerta y él sintió urgencia de llamarla, de decirle algo que la hiciera sonreír. Quería ser tierno con ella, agradecerle su ayuda llevando a casa al borracho ese, a César. No sé, quería decirle cualquier cosa, para tenerla cerca, y no dejar de oler su fragancias a jabón de cuaba. Lo trastornaba pensar que ella, seguramente estaba desnuda en su cuarto. Eso despertó en él un inmenso deseo de hacer con ella una infinidad de cosas de esas que terminan en "arla". Quería tocarla, mimarla, abrazarla, besarla, acariciarla, agarrarla, y una serie de "arlas" que no se pueden ni decir. No pudo evitar que le castañearan los dientes por el nerviosismo, y comenzó a comerse las uñas. Fue al refrigerador. Se tomó toda el agua, y eso no fue suficiente para calmarle la resequedad de la garganta.

Apresurado se dio un baño de vaquero, y cuando volvió, en la habitación, con las manos empapadas de crema, Dolores lo esperaba para darle un masaje. El se echó en la cama con la toalla amarrado a la cintura. Ella, apenas con una franela a modo de bata de dormir se le encaballó en la espalda, y él se quedó maravillado con el contacto de sus piernas desnudas, y con el calor de su humedad. Ella comenzó frotándole los hombros y el cuello, y dándole palmaditas en los brazos. En un abrir y cerrar de ojos, ella le desprendió la toalla para verlo mejor; luego se sacó la franela. Tan desnuda como la noche misma, Dolores le caminó sobre la espalda. Lo embadurnó con crema de cacao por la espalda y por entre las piernas, y sus manos se tropezaron con un animal despierto, tenso, y encumbrado que suspiraba en silencio. Fascinada por ese descubrimiento, lo mantuvo prisionero entre sus manos, y lo acariciaba de la misma forma que se adula a un niño testarudo e impaciente. Jugó con él a que era la palanca de un auto de carreras, y lo ungió con crema hasta dejarlo reluciente como un zapato nuevo. Cuando ninguno de los dos pudo más, seducidos por el mandato de los sentidos, se olvidaron del masaje y del resto del mundo, y aprovechando que César roncaba como un condenado, hicieron primero un amor apresurado, como si hubiesen estado detrás de una puerta abierta. Luego lo hicieron a media luz, y con más calma. Y más tarde, con las luces encendidas, como dos hambrientos, cuyas hambres han sido plenamente saciadas, y continúan comiendo de gula, como si temiendo un mañana menos afortunado. Sebastián con toda la calma del mundo andaba por entre sus valles y sus colinas dándole besitos tiernos por aquí y palpándola por allá. Retozaron como dos chiquillos reviviendo cuentos de la niñez. A Dolores se le antojó pensar que ella era Caperucita Roja, y que Sebastián era El Lobo Feroz. Ella le preguntaba ¿Para qué son esas piernas tan largas? Y él le decía son para comerte mejor; le preguntaba ¿Para qué son esos brazos tan fuertes? Y él le decía son para comerte mejor; le preguntaba, ¿Para qué son esos dientes tan largos?, son para comerte mejor, le decía él; y ¿Para qué son esos dedos tan largos? Son para cometerte mejor, continuaba él diciéndole. Mientras más fantaseaban, más entretenido y fabuloso les parecía ese cuento. Aún en los intervalos de descansos, Sebastián la mantenía aprisionada entre sus brazos, y se aferraba a ella como a un talismán de la buena suerte cuando casi todo sea perdido. Su regocijo era tal, que podía compararse con el de un limosnero que se hubiera conformado con encontrarse una moneda de plata, y que sin embargo, había descubierto una mina de oro. Sebastián tenía la impresión de haber hecho un hallazgo fabuloso. Y no era para menos, pues Dolores, que con las ropas puestas daba la impresión de ser incapaz de romper un plato, no bien se desnudaba, se transformaba en una diosa libertina que gritaba groserías. Ella en la cama era como una revelación: insaciable, creativa y flexible. Era diestra ante cualquier posición y se desempeñaba como una veterana, que conocía secretos de camas. Sabía, además, las cosas que a los hombres les gusta escuchar en esos momentos sagrados. Enredaba a Sebastián con sus piernas, y como si hubiera sido un secreto de estado, le susurraba al oído: "Papi, tienes propiedades de un burro." Aun más, al final, cuando ella estaba llegando a la gloria, lo a alagaba con gritos de placer, diciéndole cosas como: "¡Dios mío, me vas a matar! pero, ¡sigue, carajo sigue!" O: "¡ahora sí, papi, ahora!" O: "¡Ay, me muero!" O "¡Ay, dame más!" O: "¡Me muero papi!", "¡Me muero!..." Comenzaba ya a aclarecer, cuando agotados pararon de jugar a Caperucita y al Lobo, y rendidos se quedaron dormidos.

Sebastián se levantó silbando de contento. No había visto a Dolores al despertar, pero no importaba; ella le había contado durante la fiesta que iría a clase en horas de la mañana. En la calle y en el tren se la pasó tarareando canciones y cantando cualquier cosa. Por la tarde la llamó en un par de ocasiones y Dolores no le devolvió las llamadas, sin embargo, no se alarmó. Tampoco días después, cuando no la vio por los pasillos de la universidad, pensó que nada fuera de lo ordinario hubiera ocurrido. A la semana, sin verla, la extrañaba malamente. Quería oír su voz, e íntimamente recordaba sus gritos de placer. La continuó buscando, pero de ella, ni pistas. Decidió esperar unos días más, antes de preocuparse.

Pasó un mes, y Sebastián no había vuelto a ver a Dolores. Intentó comunicarse con ella por teléfono, y mediante compañeros de clases, sin ningún resultado. A medida que pasaba el tiempo, los recuerdos de esa noche les parecían cada vez más fantásticos, más alucinantes, y el deseo de volver a estar con ella era cada vez más grande. Cada vez en su menoría Dolores le parecía una mujer increíble. Oh, lo que hubiera dado por pasar una noche más con ella. Tenía pensado, en cuanto la viera decirle: "Beatriz, ¡no, no!, ¡Beatriz no!" Le diría: "Dolores, he pensado mucho en ti en estos últimos días. Beatriz, quiero decir, Dolores, quiero que seas mi novia; quiero que seas mi compañera para el resto de mi vida. Tratando de justificar la desaparición de Dolores se echaba la culpa. Pensaba que podía ser porque él no era un buen amante. Se reprochaba el no haber sido más tierno con ella; que debió decirle más palabras dulces que la alagaran. Incluso llegó a pensar que tal vez había ocurrido que sin querer mientras se venía él había pronuncio el nombre de Beatriz. Después de mucho buscarla, de lamentarse, y de preguntar por ella por más de un mes, Sebastián supo, a través de Mónika, que Dolores estaría fuera del país, por unos días más porque había ido a casarse a Caguas, Puerto Rico.

No lo podía ni creer. ¿Pero cómo es posible que le sucediera otra vez lo mismo? Dos veces se había enamorado en su vida; dos veces que estaba, carajo, dispuesto a darlo todo por un amor y entregarse

por entero; dos veces que había pensado que por
fin había llegado el día de su suerte, y las dos veces
lo habían dejado por otro. No puede ser verdad,
se decía. La llamó a diferentes horas del día y de la
noche, y Dolores nunca le devolvió la llamada. Por
primera vez desde el plantón que le había dado
Beatriz, Sebastián había pensado que Dolores podía
llegar a substituirla. Ahora, sin embargo parecía
estar reviviendo la angustia de ese primer despecho,
como una de esas pesadillas que se olvidan durante
el día pero que regresan por las noches imponiendo
el desespero.

Pronto desistió de continuar llamando a Dolores
y aceptó que ese amor era una causa insalvable. Algo
extraño le ocurrió entonces: volvió, nuevamente a
añorar a Beatriz, como durante los primeros días,
cuanto ella se marchó de Panamá. Volvió a tocar
la guitarra por las noches, y casi no podía dormir.
Andaba alicaído. En la universidad apenas podía
concentrarse. Mandó al diablo el negocio de los
filtros de agua. Comenzó a correr hasta dos horas
sin descansar, y había ocasiones en que entraba a
su cuarto, y volvía salir de inmediato casi a punto
de llorar. Salía a caminar y subía por el carril de los
peatones del puente y se marchaba para Manhattan.
César lo veía desde la ventana de su cuarto, y en una
ocasión se alarmó al verlo desorientado y hablando
solo. Peor aún, a veces mientras caminaba habría
los brazos de par en par, como quien implora. Una
noche durante esos días se pasó tocando la guitarra y
cantando la canción *Ella Ya me Olvidó* de Leonardo
Favio.

César preocupado por el bien mental de Sebastián lo llevaba a caminar por lugares atractivos de la ciudad. Le recordó, además, que encontrar a Beatriz o a Dolores en una ciudad tan grande, era lo mismo que encontrar la famosa aguja en el pajar. Para calmarlo, además le dijo que no había razón para pensar en la soledad, pues según los datos más acertados del almanaque mundial, había tres veces más mujeres que hombres en el Mundo. Le dijo que si las mujeres fueran repartidas de forma equitativa entre los hombres, a cada uno les tocaría tres. Y como si su cálculo no hubiese sido suficiente le precisó: "y recuerda, tres mujeres tienen seis tetas; suficiente para mantenerte bien alimentado toda una vida."

Pronto el otoño se hizo invierno, éste se convirtió en primera, y esta, a su vez, se volvió verano. Así pasó un año. (Esa es la única forma que el tiempo pasa) En el otoño del 95 la escuela intermedia Susan B. Anthony de Manhattan recibió al maestro de español César Augusto Ramírez, graduado de Teachers College, universidad de Columbia. Ese mismo año, además de enamorarse de su empleó, César se enamoró de una compañera de trabajo, de cuyos amarres, no pudo desatarse.

Como César veía que los últimos días de su soltería se les esfumaban, como el agua se escapa de las manos, los sábados en la noche, que era cuando Sebastián estaba libre, lo invitaba para que salieran a bailar acompañados con algunas de las vecinas del edificio, o con conocidas del barrio. Aunque lo había intentado, y en parte hasta controlado en Panamá, ahora en Nueva York, era muy poco el esfuerzo que Cesar hacía por desprenderse, por completo, de la costumbre de frecuentar a las damas de la noche. Los viernes, cuanto empezaba a oscurecer él se desperdigaba cazando maripositas nocturnas. Conocía a todas y cada unas de la que frecuentaban la calle Allen en Manhattan, las de Hunt Point en el Bronx, las de las segunda avenida y la calle cuarenta de Brooklyn y las frecuentaban las turbias orillas del East River en Long Island City. Tantos amores apresurados en hoteluchos habían dejado en César todos tipos de ingratos recuerdos: picaduras chinches, ladillas, gonorrea, herpes y sífilis, para solo mencionar algunos. Nunca había temido a esas aflicciones e incluso habla de ellas como si hubieran sido medallas de guerras ganadas en batallas legendarias. Más aun, pensaba que las putas son como un vicio que no se puede dejar. César decía que hacer el amor con ellas tenía algo de parecido a las comidas de Taco Bell: uno termina satisfecho y te olvidas de todo, pero días después, sin embargo, la recuerdas con una sensación que pica y arde.

El SIDA había llegado tímidamente al continente americano en la década del ochenta. Diez año más tarde, en los noventas, la enfermedad se había convertido en la peor epidemia del siglo veinte. César que no se protegía para evitar enfermedades venéreas, no había visto de cerca los efectos letales del SIDA. Había notado sin embargo que sus amigas, en promedio duraban en la profesión no más de dos años; luego se retiraban y se perdían en el olvido. En una ocasión en que desde su nave, un Datsun del año 79, observaba a las traficantes de amor, a plena hora del día, en Manhattan, un peatón que pasaba por la acera se le acercó para pedirle un cigarrillo. Ya le iba a contestar el bien practicado "I don't smoke" cuando reconoció los ojos esquivos y las nariz aguileña de Gastón Carswell, su ex compañero de clases en la universidad, y el mejor guitarrista de Jazz que jamás había conocido. Este también le reconoció a él. Precipitadamente, ambos hicieron un resumen de los eventos más trascendentales de los últimos años. Intercambiaron los números telefónicos y sus respectivas direcciones. Se lamentaron de que como todas las cosas que habían conocido iban desapareciendo hasta solo quedar de ellas el recuerdo. Hablaron sobre el estado actual de cada quien, y de planes futuros. Desde el primer instante de conversación César había detectado una nube de incertidumbres que se cernía sobre Gastón. Aunque su ex compañero no le confirmó su sospecha, no fue necesario. Tenía el rostro como picado de viruela y estaba tan delgado, que sus ropas parecían tener vida propia y andaban solas.

Semanas habían pasado y cuando César telefoneó a Gastón. Este contestó al teléfono como desde otro planeta. Apenas tenía fuerza para hablar. Aun utilizando palabras monosílabas, tenía que interrumpir la conversación para tomar aliento. Esa misma semana, César lo fue a visitar, y le contaron que algunos de sus amigos y vecinos lo habían hecho internar días antes en un hospital en donde había muerto de pulmonía. -El SIDA lo había debilitado de tal forma, que se hubiera muerto de cualquier otra cosa.

Ahora bien, ¿de qué manera esa tragedia afecto la vida de César y Sebastián? De una forma drástica, para no decir radical. A partir de entonces César dijo adiós a las damas de la noche; nunca más puso un pie en un prostíbulo, y se volvió más hogareño. Le contó a Sebastián la experiencias vivida, y le inculcó el temor hacía esa enfermedad. Sus actividades nocturnas fueron limitadas a fiestas esporádicas y con muchachas tranquilas del barrio. Nada de amigas en las discotecas que terminaban llevándose a la cama, ni nada de revolcarse con conquistas fáciles. César estaba tan sorprendido con el flagelo del SIDA, y temía tanto ser contagiado que a veces cuando una mujer de aspecto sospechoso le extendía el brazo para saludarlo, a él le daban deseos de ponerse un guante antes de estrecharle la mano.

En el verano del 97, sin ningún motivo aparente, César se hizo cortar el bigote, la barba y las clinejas que les daban aspecto de músico afro-antillano de percusión. A partir de entonces, vistió ropas deportivas y mocasines. Sorprendido de su buena apariencia anduvo por el East Village, su antiguo barrio, en busca de viejos amigos, pero no encontró ni un rostro conocido. En las calles Bleeker y Thomson visitó a Daniel Cruz, el gallego amigo, y a éste le tomó un instante reconocerlo. Hablaron un rato sobre las similitudes de los gobiernos de Franco y Noriega, pero la clientela hizo que Daniel dejara el tema y se fuera a atenderlos. Como Sebastián le había hecho un resumen de la prodigiosa noche que había pasado con Dolores, César tenía deseos de él también tener una aventura a quien revolcar en el colchón. Estaba seguro que con su nueva pinta, aun con una borrachera similar a la del Copacabana, de encontrarse con Monika, ésta no lo hubiera dejado plantado, y hasta se hubiera arrepentido por haberlo abandonado esa noche. Pero la vida tiene mucho menos desaciertos en el mundo perfecto de lo imaginación, y la realidad termina estropeándolo todo. Resultó que solo dos homosexuales se inclinaron por él esa tarde. Al anochecer llegó hasta los salones para caballeros que había en la calle 42 en donde unas muchachas hermosas, al son de una danza se iban deshaciendo de sus vestidos, y no dejaban de bailar hasta quedar como Dios las trajo al mundo. Hermosas, aunque inaccesibles, César las veía ir y venir como a las olas en el mar. Esa noche, en su cuarto recordar sus cuerpos desnudos, las redondeces de sus senos, la hendidura de sus ombligos, la suavidad de sus vientres y la aspereza de sus vellos púbicos le resultaba doloroso; seguir pensando en ellas era un martirio que le calentaba la bragueta. Como ya para entonces les causaban pánico las damas de la noche y el SIDA, tuvo que consolarse haciéndose la paja.

En octubre Cesar y Sebastián fueron a la fiesta de san Genaro en Little Italy del bajo Manhattan. Practicaron tiro al blanco con arcos y flechas. En la calle Mulberry, caminaron a pasos de tortugas juntos a una multitud que celebraba a gritos. Enguñeron zápales en polvo de azúcar, comieron espaguetis con almejas, y César convenció a Sebastián para que se retratara con una serpiente de nueve pies enroscado en el cuello. De entre el bullicio César le indicó con el dedo para que viera los cráteres de bala en las paredes de los edificios, de la pequeña Italia en donde habían quedado las muestras indelebles de otras épocas menos afortunadas. Eran los tiempos cuando los forajidos miembros de la familia Gambino habían controlado el área con la ley *"La cosa nostra"* como si el bajo Manhattan hubiese sido una sola familia en conflicto.

Días después, Sebastián regresó de nuevo por el barrio italiano. Frecuentó los bares y los restaurantes y logró que lo emplearan como lavaplatos en un restaurante en donde engañaban a los clientes con el cuento de que en su sótano hacían el vino que ahora les vendían a precios módicos. Por esos días Sebastián trabajaba de día y estudiaba de noche. En la cocina del restauran, en donde no había un solo italiano (todos eran emigrantes mejicanos y caribeños) aprendió a cocinar con una facilidad que causaba recelos en los cocineros más experimentados. Así que en los momentos de apuros Sebastián abandonaba la máquina de los platos, y les daba una mano frente a las hornillas. De igual manera, él sustituyó a César en la cocina en el apartamento de los Sures, pues el menú de éste apenas incluía un famoso guisados de arroz con garbanzos imposibles de digerir, y un chambre de habichuelas negras, batatas y patas de vaca, que recalentaba hasta cuatro veces a la semana, y que cuando por descuido amanecía fuera del refrigerador, amanecía intacto, pues era respetado hasta por las ratas.

Si era verdad que a Sebastián lo motivaba el salario de su empleo, estaba igualmente interesado con la diversidad de los clientes que frecuentaban el local. Le gustaba impresionar a los turistas hispanos hablándole sobre las bellezas de Panamá, y aprovechaba con los clientes anglosajones para practicar con ellos el inglés que estaba aprendiendo. Para no meterse en líos con el supervisor del piso, miraba de soslayo a las mujeres que sentadas dejaban ver las piernas. Siempre que tenía un descanso, aprovechaba para mirar a los transeúntes, con la esperanza de entre ellos ver a Beatriz.

Una tarde en que estaba libre llegó al restaurante vestido con pantalones negros y camisa blanca. Llevaba el periódico del día en las manos y subrayada, en el área de los clasificados el anunció que indicaba: *waiter wanted*. Don Gregorio Bianco, quien sentían por él un gran afecto, pues era un buen trabajador, no pudo más que con una sonrisa picara decir: ¡*mincha!*

Con un inglés rústico, pero con muy buenos modales, y aun con más labia, comenzó a trabajar de mesero. Primero le asignaron las horas muertas de lunes a viernes, de ocho de la mañana a cuatro de la tarde. Los días de semanas al salir del trabajo, tenía que correr como un condenado a muerte para poder tomar a tiempo el tren, y no llegar tarde a clase. A veces, de regreso a casa estaba tan cansado, que se dormía en su vagón y la policía tenía que despertarlo en la última estación del tren.

Trabajar de mesero parece un trabajo perfecto; la realidad, sin embargo es otra cosa. El mesero es el subalterno de todos. Lo insulta los clientes si no les agrada la comida, o si se demora mucho en llegar. El supervisor lo atribula con órdenes absurdas, los cocineros lo maldice; quien le plazca, se desahoga insultándolo. Nadie, sin embargo, trabaja por el gusto y la necesidad se impone ante cualquier molestia

Eventualmente en el restaurante le permitieron trabajar los fines de semana en horas de la cena, y eso mejoró sus ingresos de tal manera, que luego cuando César contrajo matrimonio y alquiló un apartamento en la calle Broome, entre Mott y Mulberry, en Manhattan, Sebastián no tuvo ningún inconveniente económico quedándose solo.

César contrajo matrimonio con Pámela una compañera de trabajo en julio del 98. La recepción, fue poco concurrida. A muchos les dio la impresión de ser una reunión familiar organizada para los familiares de Pámela. Ni César, ni Sebastián tenían familiares en los Estados Unidos, así que las tradicionales fotografías con todos los familiares de la novia y luego con todos los familiares del novio fueron canceladas para que César no se sintiera más solo de lo que en realidad estaba. Durante la fiesta Sebastián, quien era el padrino de honor, atrapó en el aire la venda que el novio había lanzado. La muchacha que había atrapado el ramo de flores era una hermosa trigueña, a quien Sebastián le colocó la venda lo más alto que pudo; cerca de esa área en donde las piernas cambian de nombre. Albergó la posibilidad de una aventura, pero ella estaba ya comprometida y esa fantasía duró viva lo mismo que la fiesta.

Solo en el apartamento de lo Sures, los días libres a Sebastián les parecían eternidades. Para espantar el ació y despejar la mente, los días libres por la mañana hacía las tareas de la universidad y dedicaba largas horas a la lectura. En ocasiones iba a la biblioteca pública en el 107 de la calle Norman, para enriquecer sus conocimientos generales, y sin proponérselo se tropezó con el tema del canibalismo. ¿Qué aprendió Sebastián por aquellos días? Aprendió que no había una sola de las grandes culturas en la historia de la humanidad que durante algún periodo no hubiera practicado el canibalismo. Aprendió que antiguamente algunos pueblos Africanos comían carne humana no por necesidad, sino por placer. Supo que en la india los líderes espirituales comían carne humana porque les iluminaba la mente. Supo que en la Europa medieval los guerreros comían carne humana porque les proveía una energía especial, y porque era buena para curar enfermedades. Descubrió que de acuerdo a la mitología griega, una de las más conocidas en el mundo, la humanidad había sido creada sobre las bases del canibalismo. Por ejemplo, Cronos el más antiguo de los dioses se tragaba a sus hijos, Zeus considero comerse a sus hijos para evitar sublevación contra él, y en un momento dado, los dioses causaron calamidades a los humanos por que estos estaban practicando el canibalismo, un rito reservado solo para los dioses.

Sebastián procedió buscando en los textos históricos casos de canibalismo y los encontró por todas partes. Supo de historias de sobrevivientes de accidentes aéreos, de náufragos, de víctimas de catástrofes naturales y de escapados de guerras que habían recurrido al canibalismo como modo de sobrevivencia. Le pareció revelador el encontrar rastro de esta costumbre en los procesos fúnebres de los tibetanos, y en la ceremonia de la comunión entre los cristianos.

En un libro de historia descubrió que los primeros aventureros europeos que llegaron a las costas de la Florida se encontraron ante un descubrimiento espeluznante, que el tiempo se ha empeñado en borrar. Al desembarcar en los cayos de la Florida, Juan Ponce De León, y sus hombres descubrieron que sus arenas estaban cubiertas de huesos. Continuaron explorando todos y cada uno de los cayos y en todos observando el mismo fenómeno. Los indígenas eran escurridizos, y un diálogo con ellos era imposible. Cautivados por saber el por qué sobre aquel extraño despliegue de huesos sobre las arenas de aquellas islas, notaron que las presas que allí habían sido sacrificadas debían ser animales grandes. Al observar cuidadosamente reconocieron fracciones de fémures, tibias, clavículas costillas y cráneos humanos. Espantados al conocer que estaban rodeados de indios caníbales se marcharon de inmediato, y nombraron ase lugar con un nombre de espanto: Cayos de Huesos. Con el cambiar de los tiempos, los nuevos pobladores que llegaron lo renombraron, "Key West".

Sebastián continuó investigando sobre canibalismo y descubrió, que, los Aztecas en Méjico, eran feroces caníbales; que en el Brasil los indígenas Karubos hicieron del canibalismo una práctica común; que en las Antillas los indios Caribes fueron caníbales tan respetados y temidos por sus adversarios que los conquistadores nombraron gran parte de Las Américas con su nombre como quien dice: *"área de peligro, se recomienda extrema precaución."* Descubrió que hoy en día los Kukukukus de nueva guinea continúan practicando el canibalismo; si no creen en esta crónica, pregúntele, entonces al espectro de Michael Rockefeller. Michael fue devorado por una tribu de caníbales.

Así, como por añadiduras, Sebastián llegó a lo conclusión de que todos los grupos culturales que habían practicado el canibalismo, todos, sin excepción, habían sido temidos, respetados y poderosos. De igual manera concluyó, que en los lugares en donde se había practicado el canibalismo, como si allí hubiesen dejado una bendición oculta, habían florecido los pueblos más avanzados del mundo. De los caníbales del África del norte se originó Egipto. De los que poblaron la Europa central se originó Francia y Alemania. En Las Américas: Estados Unidos, Méjico, Brasil, Venezuela, y Colombia. La única excepción ha sido en América Central y en las islas del Caribe en donde la pobreza tiene garras de águila y persiste.

Casi al borde de la obsesión, con el canibalismo, Sebastián se hizo las siguientes preguntas: ¿cuál ha sido una de las películas más taquillera de los tiempos? y se contestó: <u>El Silenció De Los Inocentes</u>. ¿Cuál ha sido uno de los asesinos en series más respetados de todos los tiempos? y se contestó: Al Bundy. Se volvió a preguntar ¿Cuál ha sido uno de los hombres más ricos y respetado de los tiempos? y se volvió a contestar una vez más: Nelson Rockefeller. ¿Qué lazo invisible unía a estas tres preguntas? El canibalismo. Hanibal Lecter, en El Silencio De Los Inocentes se alimentaba con las carnes de sus víctimas, a Al Bundy le gustaba tanto la carne humana, que guardaba rebanadas de sus víctimas en el refrigerador. Nelson Rockefeller no era caníbal, pero su hijo Michael, se había reído de las advertencias de que está prohibido entrar, sin permiso previo en el territorio de los Kukukukus. No escuchó consejos, y cruzó los límites de los territorios prohibidos; nunca más se supo de él.

Dando tumbos llegó hasta a los libros de cuentos infantiles y también allí descubrió rastros de canibalismo. Descubrió canibalismo disfrazado con escenas de animales, para no perturbar las mentes tiernas de los niños. Leyó sobre el lobo que se quería comer al leñador; el oso que se quería comer a la niña, y sobre una vieja bruja que se quería comer a un niño. Más aun, Sebastián descubrió que en varios de esos cuentos se utilizaba la palabra "comer" en un sentido figurado. ¿Era esta una forma de preparar las frágiles mentes de los niños para las blasfemias del futuro? Descubrió que muchas de las escenas, en esos cuentos de hadas, eran también, claras introducciones al sexo. Por ejemplo: en el cuento de Gudilá y los Tres Osos, llegó a la conclusión de que éste era una alusión a una escena erótica. Pues el papá oso quería "comerse" a la niña, pero a la mamá oso y al pequeño oso, ni les pasó por las mentes semejante idea. En Caperucita Roja, el Lobo Feroz, devoró a la abuelita pero se quería "comer" a Caperucita. En Hansel y Gretel, la vieja bruja quería "comerse" a Hansel, pero no a Gretel. Incluso, pensaba que el cuento Jack y La Gallina de los Huevos de Oro era una historieta sobre depravados sexuales, pues el gigante quería "comerse, "a Jack, y éste, a su vez, quería "comerse" la gallina. ¿Se dan cuenta?

Las escenas de sexo, de forma irremediable llevaban a Sebastián a pensar en Beatriz. Así que mientras investigaba los temas de los cuentos infantiles los recuerdos de Beatriz, se metían por entre la mente de Sebastián, como lluvia en techo mal cobijado. A partir de ese momento, dejar pensar en ella, era algo imposible. Por esa razón las revistas y los videos de pornografía más que un entretenimiento le causaban desesperación. No bien los compraba, tenía que deshacerse de ellos y solo a veces, los usaba para liberarse de alguna urgencia de la bragueta. Tratando de no pensar en Beatriz, llegaba a la cocina en donde preparaba algún bocado, pero por alguna extraña razón el presentimiento de que se la estaba "comiendo" a ella, era algo imposible de persuadir. Si Tomaba la guitarra, tratando de espantarla del pensamiento, se percataba que el nombre de Beatriz rimaba con todos su versos y que su imagen transitaba por sus melodías.

Tratando de liberarse de esa obsesión, vestía pantalones cortos y zapatos deportivos y se marchaba trotando. Cruzaba el Williamsburg bridge, llegaba hasta la pista de carreras de la calle Houston y la autopista Frank Delano Roosevel, y allí corría horas sin descansar. Volvía a casa cansado pero aún así, al tomar la guitarra nuevamente, era preciso solo tocar las piezas clásicas, pues la emoción no le permitía cantar sus sentimientos. En una ocasión tratando de despejar la mente, salió a caminar por el barrio. Apenas había doblada un par de cuadras y dos tipos que salieron, no supo de donde, le pusieron una cuchilla en el cuello y le sacaron del bolsillo el único capital que tenía: ocho dólares. No satisfechos, le quitaron los tenis que tenía puestos. Esa tarde tuvo que irse caminando al trabajo y pedir dinero prestado a sus compañeros hasta el próximo día de pago.

Cuarta Parte

En julio del 1997, César y Pámela, aprovechando los vientos de prosperidad que había traído el gobierno de Bill Clinton, compraron casa propia en Elizabeth, Nueva Jersey. Gustavo, el supervisor del edificio, un puertorriqueño de Mayagüez, quien era un aficionado a la música de guitarra, estaba un tanto decepcionado pues iba a perder al único guitarrista que tenía a su alcance. Fue él quien facilitó el proceso para que Sebastián se mudara allí, a cambió de que continuara con las instrucciones de guitarra que César le había prometido y que hacía poco había comenzado a impartirle. Así fue como el sueño de Sebastián de vivir en Manhattan se hizo una realidad. El apartamento estaba localizado en el 416 de de la calle Broome, en el barrio Chino.

Sebastián nunca antes se había imaginado un lugar más conveniente para vivir. Caminando podía llegar a su trabajo en *Little Italy* en solo cinco minutos. Estaba a un instante de distancia de las grandes tiendas, de las mejores discotecas, y de los lugares más cotizados de la ciudad. Durante el invierno, que era una de sus estaciones favoritas, los días de descanso, Sebastián se los pasaba merodeando las librerías de la calle catorce, y se perdía días enteros en la inmensidad de la biblioteca pública de la quinta avenita y la calle cuarenta y dos. Durante la primavera, aprovechaba las temperaturas frescas para caminar. En ocasiones llegaba hasta la calle cuarenta y dos y la octava avenida en donde de paso le daba una ojeadita a las películas pornográficas, y cuando le sobraba el tiempo, entraba a los salones para caballeros a ver la verdad desnuda. (Seguía las costumbres de César al pie de la letra)

Hacía ya más de un año que Sebastián se había graduado de Hostos en artes liberales. Ese título no le había servido para aprender nada de arte, ni para ser más liberal. No tenía ni idea de qué hacer con ese diploma, sin embargo, le sirvió para que lo emplearan en la oficina de correos de la ciudad. Había pensado continuar estudiando e inclinarse por el estudio de la medicina, pero después de años de dormir poco y de estudiar libros de textos imposibles, no estaba de un todo seguro si quería volver a torturarse.

Ahora que vivía en el barrio Chino, frecuentaba todos y cada unos de los mercados de pulgas que proliferaban, como la mala hierba por el área de la calle Canal. Compraba en ellos todo tipos de cosas, que terminaba echando a la basura pues en su atestado apartamento no tenía espacio para más. A veces, días después de tirar una pertenencia entre las cosas inservibles, la volvía a encontrar en los estantes de ventas, de los mercados de pulgas y la volvía a comprar motivado por un sentimiento parecido a la nostalgia. Por ejemplo, en una ocasión tiró en la barrica del desperdicio una vieja lámpara de kerosene, y días después la volvió a comprar, porque extrañaba no verla a diario en un rincón de la vitrina del apartamento. En otra ocasión volvió a comprar una caña de pescar, que días antes había echado al canasto de los desechos, porque había visto en ésta una señal de la buena suerte. ¿Qué señal? Sabe Dios. Días después sintió que había perdido su aureola de la buena fortuna y volvió a arrojarla en el depósito de los desperdicios. El fin de semanas siguiente la volvió a comprar, pues volvió a ver en ella su condición de amuleto despreciado; no la compró más veces, porque finalmente había decidido quedarse con ella. Fue a partir de esa adquisición, que los veranos dedicó gran parte de su tiempo pescando por las costas de Manhattan.

En horas de la tarde, caminaba hasta *Battery Park* y se pasaba horas muertas, fascinado mirando en la distancia el resplandor verdusco del agua. En otras ocasiones se iba a pescar por debajo de los puentes de la ciudad. Una noche, pescando debajo del *Brooklyn Bridge* atrapó tres peces gatos, famosos por ser los carroñeros del agua; tuvo la osadía de hacerlos filetes y se los comió fritos. Por esos mismos días enganchó una anguila del grosor de su antebrazo. El formidable animal había luchado desesperadamente por escapársele y Sebastián solo pudo tranquilizarla cuando le aplastó la cabeza con un ladrillo. Se la llevó colgando, exhibiéndola en las calles, como diciendo: "¡miren lo que atrapé!" Hizo con ella un escabeche. De dichas excursiones llegaba molido de cansancio y cubierto de picaduras de mosquitos, pero feliz con un niño cuando sale de la escuela

César, que por ese entonces se le escapaba a Pámela, para ir tocar canciones de tríos con Sebastián, casi se come un pedazo de ese pescado. Vio los jugosos trozos marinándose en jugo de limón, rebanadas de cebolla y ramitas de perejil, y poco faltó para que se salieran los ojos, pero se le calmó el apetito considerablemente cuando Sebastián le contó que había hecho esa pesca en el río Hudson.

¡Comer peces del Hudson, es como comer mierda!, le reprochó César. Y meses después, cuando Sebastián comenzó a perder el pelo, César juraría que ese era el resultado por haber injerido tantos peces contaminados. Sebastián, por su parte, ponía oído sordo a las advertencias de su amigo, pues consideraba que éste estaba un tanto picado por la envidia que le generaba su buena suerte de pescador. Sin embargo, en el verano del 99, que por cierto, no fue un año para la pesca, Sebastián vivió una experiencia que le hizo perder el apetito por los peces. Estaba pescando debajo del Manhattan Bridge, y observó, que a unos metros allí, una cuadrilla de rescate trataba de recuperar algo que había caído al agua. Se interesó en ver lo que ocurría, y fue así como pudo ver que los buzos habían extraído del fondo del río un cadáver con un bloque de cemento atado al cuello. Se acercó para echarle una breve mirada a aquel hallazgo repugnante, y comprobó que el cuerpo estaba acorazado de cangrejos que se alimentaban de él. No volvió a pescar, y por algún tiempo intentó ser vegetariano. El olor de la gran variedad de carnes que se servía el restaurante en que trabaja, sin embargo, lo hizo claudicar, y paulatinamente volvió a comer carne, aunque nunca más volvió a probar el pescado.

Fue por esos días azarosos, del año 99, que conocí a Sebastián. Esos eran tiempos infames para Sebastián, que había caído en una de sus etapas de locura y andaba como una gallina sin cabeza por Manhattan, tratando de encontrar a Beatriz. Eran tiempos miserables para mí, porque andaba más pelado que un plátano. Yo había perdido mi empleo de "bus boy" en un restaurante de la calle treinta y cuatro de Manhattan. Había buscado empleo hasta en las bodegas del vecindario en donde vivía, y nada. Mi condición era tal, que el casero del edificio en donde había vivido hasta entonces, me echó a la calle luego de cinco meses de no poder pagarle el alquiler. Me vi precisado a pedir albergue en un refugio para desamparados y me lo negaron, pues las familias con niños tenían esos lugares abarrotados. Tuve que dormir unas cuantas noches en los trenes dando tumbos de un condado para el otro, y en más de una ocasión la policía me hizo salir del subterráneo. Por suerte (una forma de decir), era verano y pude dormir en los parques de la ciudad. Dormir a la intemperie, no importa donde sea, es exponerse al peligro, y cuando el que deambula es un alfeñique como yo, con una guitarra colgada al cuello, entonces pasar la noche en un parque es una invitación a ser atacado, así que podrán comprender mi preocupación durante esos días que viví sin un hogar. Dormí entre borrachos y drogadictos, y salí ileso. Pero sabía que todo era asunto de tiempo, que de continuar así, más temprano que tarde me convertiría en la víctima fácil de algún descuartizador. Estuve tan desesperado, que soporté el bochorno de visitar una oficina del ejército con el propósito de que me emplearan, pero afortunadamente me arrepentí a tiempo, y fingí que me había equivocado de dirección. Finalmente opté probando suerte tocando la guitarra en los subterráneos de la ciudad. Fue así como una tarde como salido del cielo, salió Sebastián del tren F.

Mi repertorio estaba limitado a tres canciones que podía tocar en público con cierto grado de confianza; las tenía que extender hasta el aburrimiento. Yo estaba tocando una versión del clásico Bésame Mucho; era sin duda mi mejor canción. Fue cuando vi a ese negro risueño que me observaba mientras yo tocaba "mi obra maestra." Me miró con esa forma tan peculiar que tienen los músicos cuando observan una pieza mal tocada. Mas por alguna extraña razón, no me sentí ofendido al ver como desaprobaba mi estilo. Su expresión era la de un veterano que observa a un novato, que aunque inseguro, se arriesga.

Cuando los pasajeros se habían marchado y habían dejado el túnel del subterráneo tan vacío como una botella de ron después de una fiesta, Sebastián me dejó saber que esa canción había sido escrita para ser tocada en La menor, y no en el patético Mi menor en que la había interpretado. Pensé decirle que se podía ir al carajo, pero me aguanté, y con mi mejor voz de enojo le dije: "ven tócala tú, que de seguro eres la re-encarnación de Segovia." Para mi sorpresa tomó mi guitarra y rasgó las cuerdas como para tocar un flamenco; con el primer acorde supe que podía ser mi maestro. Tocó tres canciones que remuneraron más propinas que todas las que yo había ganado en el transcurso de esa tarde. A las seis, salimos del subterráneo y lo acompañe a la biblioteca pública. El tomó prestado una colección de Poemas de Benedetti y yo me llevé *La Caída* de Albert Camus.

Me habló de su experiencia tocando en parques y subterráneos y me dijo que en una ocasión a César y a él un policía los había amenazado con llevarlos a la cárcel si los veía una vez más contando en el subterráneo. Ellos no les prestaron ninguna atención y días después el oficial los volvió a ver tocando en la misma estación. Cuando se disponía a arrestarlos les preguntó por sus nacionalidades. Al saber que eran panameños les dijo: "yo soy de Colón. Olvídense del arresto y cántenme una canción de Basilio." -Ese fue el primer paisano que conocieron en la ciudad. Y hablando del rey de Roma, que siempre se asoma, ese oficial que ahí viene a caballo es él. "Hola Samuel, hola Sebastián, ¿tocando en lugares público, eh? tu aprendes con amenazas."

Quedamos de acuerdo en vernos el sábado entrante en su apartamento, en la calle Broome. Durante nuestros primeros encuentros Sebastián me dio lecciones de guitarra. Más tarde, cuando pude acompañarlo tocando la segunda guitarra, practicamos durante varios días. Fue por entonces, que me decidí a pedirle que me acompañara a tocar de forma rutinaria en la estaciones de los trenes. Inicialmente me dijo que no, pues él trabajada a tiempo completo en las oficinas del correo. Continué insistiendo por algunos días más y al parecer le inspiré tanta lástima, que un sábado en la tarde, cuando menos lo esperaba, llegó guitarra en manos a la estación del tren donde yo estaba. Luego, terminé alojándome en su apartamento.

Los fines de semanas del mes de julio, tocábamos hasta cinco horas diarias en el subterráneo de la quinta avenida. Los pasajeros nos llegaron conocer por nombres y apellidos y nos pedían canciones que aunque teníamos que improvisar al instante eran del agrado de ellos. Sólo yo sé cuan beneficioso fue para mí la ayuda que me ofreció Sebastián por esos días. Me ahorré lo suficiente para pagar el alquiler atrasado de mi apartamento, y en el mes de agosto, me llamó el dueño del restaurante "Puerco A Las Brasas" y me empleó nuevamente. Ya no tuve que seguir tocando por necesidad.

Sé que por el amor a una mujer se han desatado guerras, y destruido naciones. A menudo se me olvida que muchos actos que parecen simples manifestaciones de auxilio, en verdad no lo son, porque detrás de cada ayuda hay intereses creados. Yo había llegado pensar que la razón inicial que había motivado a Sebastián a ayudarme había sido compasión y un sentido de solidaridad para conmigo. A veces, en medio de una canción, cerraba los ojos, con una embriaguez de inspiración digna de un profeta iluminado. Incluso llegué a conmoverme de su solidaridad con mi causa. Pensé que al dar lo mejor de sí al público, lo hacía por esa tendencia que tenemos los cristianos de amar al prójimo como a uno mismo. Con el pasar de los días, sin embargo, lo dudé. Primero me percaté que él, al igual que yo, disfrutaba enormemente de la atención del público. Más aun, cuando conocí la historia de su amor por Beatriz comprendí, que tan equivocado yo estaba. Una tarde en el subterráneo en que tocábamos en tiempo instrumental la canción *Como tú,* de Julio Iglesias, vi que estuvo a punto de llorar, y otro día, en su apartamento, en que él cantaba, y César y yo lo acompañábamos con las guitarras en la canción *Pena,* de Luis Segura, su emoción fue tal, que la voz se le quebró y tuvo que hacer una pausa para poder continuar. Me sorprendí al notar que el muy cabrón se emocionaba lo mismo con un clásico de Manzanero, que una canción de amargue, siempre y cuando esta le recordara a Beatriz. Daba lástima su condición. Andaba como un moribundo atravesado por una lanza que no impactó uno de sus órganos vitales, pero cuya herida de forma paulina y dolorosa lo va llevando a la muerte. Su ánimo se desboronaba como un terreno maltratado por una sequía devastadora. Soy testigo de otra ocasión en que escuchando el merengue *Cabecita Loca* del maestro Ramón Orlando se le humedecieron los ojos y se apresuró a ir al baño para lavarse la cara, y así poder disimular las lagrimas. Me dije: pobre diablo, ¿qué mosca le habrá picado?

César continuaba frecuentando su antiguo apartamento los fines de semanas, y los tres nos reuníamos a tocar boleros y a hablar del pasado. Como es lógico, cada canción nos conectaba a experiencias, casi siempre dolorosas de esos años difíciles de la adolescencia, y no hablar de amores tormentosos, ni desdichas, era imposible. No obstante, intentábamos dialogar de cualquier otra cosa, menos de amores troncados, pues hubiera sido como atravesar a Sebastián con una daga. Evitando ese tema, como quien trata de ignorar la luz del sol un día radiante en medio de un desierto, le pregunté: ¿Qué es lo que más admiras de los caníbales? y me dijo: "porque son capaces de comerse a los seres que más quieren." Fue como un milagro, pues se le iluminó el rostro y continuó como transformado: "Un desbordante sentimiento de admiración les despierta el apetito. Admiran con devoción el vigor humano, veneran a los atletas, a y los enemigos peligrosos. Por eso es que cuando derrotan a un adversario difícil, solo se comen de él los órganos vitales para de esa forma adquirir sus habilidades." Sentí un leve alivio, al comprobar que no soy naba apetecible para los caníbales; mis grandes lentes de miope, mi cuerpo esquelético y mi congénito miedo, hacen de mí un plato tan indeseable, que el caníbal más hambriento me despreciaría por temor a que le cause una indigestión letal. Aun así, pienso que si alguna vez, por alguna extraña razón, el camino de mi destino me lleva a conocer a uno de ellos, mi encuentro con él no pasaría de ser más que un simple saludo y un par de palabras sueltas. Y si me viera obligado a entablar con él una conversación, aprovecharía la oportunidad para contarle sobre mis malas costumbres y mi antipatía por las duchas diarias. No me gustaría que se encariñara conmigo, y me vea, como miro yo a los pollos asados.

Otro día en que hablábamos sobre canibalismo Sebastián me dijo: "todos los grandes personajes de la historia, desde Abraham hasta el indio Diego, han participado en acto de canibalismo, o por lo menos han conocido de cerca ese rito. Pero nadie habla de eso por supuesto. ¿Quién se va vanagloriar de haberse comido a su prójimo? ¿Quién está loco para decir por ejemplo: ayer me comí a la hija de la vecina; estaba deliciosa? Eh... Bueno, tal vez sí. Pero, ¿Quién va a decir algo así como: madre mía, esa muchachita es todo un banquete, me dan ganas de comérmela? No; éste tampoco es un buen ejemplo. De todos modos, lo que intento decir es que una persona en sus cabales no anda alabándose por haberse comido a un mal parido que no le dejaba la vida en paz. ¿A quién, por ejemplo, no le sobra las ganas de matar y luego comerse, a uno de esos testigos de Jehová, que andan siempre fastidiando con el cuento ese de la salvación eterna?

El último domingo de ese año los panameños conmemoramos el decimo aniversario de la invasión de los Estados Unidos a Panamá, con una misa en la iglesia san Patricio del bajo Manhattan. La ceremonia estuvo a cargo de un sacerdote italiano que dejó a la multitud confundida con un sermón que se despeñó por el abismo del conformismo. Eso solo sirvió para agudizar en Sebastián ese sentimiento de perder el tiempo que siempre lo acosaba en medio de un rito religioso. Me dijo que había sentido un gran alivio cuando al culminar la ceremonia el sacerdote nos hizo abrazar y decir: "la paz estéis con vosotros." Cuando el cura procedió a bendecir el pan y el vino, y al decir: "Coman de mi cuerpo y beban de mi sangre en conmemoración mía" Sebastián, se acercó a mi oído y me dijo en voz baja: "¿te das cuenta?, a un el gran maestro hacía referencia al canibalismo".

Gustavo el supervisor del edificio, en donde vivía Sebastián estaba convencido que con la llegada del nuevo milenio llegarían también grandes calamidades. Para finales del año 99, había convertido el antiguo cuarto del carbón en un refugio equipado con comestibles suficientes para sobrevivir a una guerra nuclear. Acto seguido, se dedicó a aconsejar a los amigos más cercanos para que se prepararan ante las eventualidades del nuevo milenio. Luego de fracasar tratando por todos los medios posibles de convencer a Sebastián para que se refugiara en el sótano con él, no lo dejó en paz, hasta que le hizo comprar una estufa portátil, una linterna y una caja de comidas enlatadas.

Afortunadamente el final del siglo XX no fue el final del mundo. El primero de enero del siglo XXI César y Sebastián, acompañaron a Drew, un vecino de César a pescar a un lago congelado en las montañas de Nueva Jersey. En un par de ocasiones Sebastián había visto documentales acerca de los pobladores del polo norte pescando sobre hielo, y había pensado que le hubiera gusta vivir una experiencia así. Pescar sobre hielo, pensaba él, es como practicar arqueología en Marte. Su motivación era tal, que casi se pelea con Drew porque él había aconsejado que era conveniente que se ataran todos a una misma cuerda, en caso de una rotura del hielo. Estuvieron todo el santo día a la intemperie a una temperatura de entre cinco y diez grados centígrados y lo único que pescaron fue un resfriado que casi los mata.

La catástrofe que Gustavo había pronosticado llegó casi dos años después cuando nadie la esperaba.

La segunda semana de septiembre Sebastián, que
para entonces se sentía algo cansado trabajando en
las oficinas de correos, se había tomado esa semana
libre. Había dormido más de lo acostumbrado y
recordó que era martes, y que ese día, en la esquina
de las calles Church y Cortland, los vendedores de
frutas y vegetales llegarían desde Nueva Jersey. Se
vistió con ropas de hacer ejercicio, pues el mercado
estaba a más treinta cuadras de distancia. No había
salido del apartamento, cuando de repente oyó
un gran estallido. Minutos después escuchó una
segunda detonación; pensó que eran disparos de
cañones en celebración de algún día festivo. En la
calle, notó una gran nube de polvo y humo que se
cernía sobre el bajo Manhattan. Todo ocurrió tan
vertiginosamente, que apenas podía comprender
lo que sucedía. Escuchó el alarido de las sirenas de
emergencia, vio desfiles de carros de patrullas, que
se precipitaban ruidosamente en dirección sur. La
ciudad estaba en pánico. La nube de humo era tal,
que apenas podían verse los edificios más cercanos,
y se dijo: ¡virgen de los pobres!, ¿que estará pasando?
A través del murmullo de la gente, supo que esa
mañana dos aviones se habían estrellado contra las
torres gemelas. Escuchó al bramido de los aviones
de guerra F-15 y F-16 que sobrevolando sobre la isla,
y los recuerdos de la invasión a Panamá acudieron
a su mente como pesadillas indeseables que se
repiten a lo largo de una misma noche. Recordó
que durante esa invasión había estado George Bush
padre, en la presidencia de los estados Unidos, y que
ahora el presidente era George Bush hijo. Recordó
que en Panamá no había muerto de milagro, y que

esa mañana, de haberse levantado un poco más temprano, posiblemente hubiera perecido. Se dijo: "carajo, primero fue el Padre, ahora es el Hijo, solo falta que me quiera matar el Espíritu Santo".

Una densa nube, como un halo de muerte calló sobre la ciudad. El olor de los incendios, el incesante ruido de las sirenas y la incertidumbre que genera el estar atrapado en una ciudad en estado de sitio, causó que una pesadumbre, igualmente devastadora, cayera sobre Sebastián. Estaba al borde de la depresión. Intentó telefonear a César, pero las comunicaciones telefónicas estaban suspendidas; Nueva York estaba desconectado del resto del mundo. Tenía que alejarse de todo, y encontrar un momento de paz. Sin saber para donde ir, ni que hacer, llegó hasta la calle Mott y dándole la espalda al área del desastre se alejó calle arriba. Al cruzar frente a la antigua catedral San Patricio, sintió deseos de rezar, de creer en todas esas cosas que le habían enseñado cuando fue niño. Quería sentirse protegido por ese ser supremo que lo puede todo, y pedirle: ayúdame que me siento frágil y perdido; no entró sin embargo. Llegó hasta la calle Houston y dobló rumbo éste, hasta llegar a la pista de carreras del FDR. Cuando regresó al medio día, se sintió más calmado. No encendió el televisor, ni preguntó a los vecinos para no mortificarse. Tenía que hallar un oasis de paz en medio del caos y lo encontró en la lectura. Días más tarde, cuando tuvo que volver al trabajo, y tuvo que enfrentar el despelote en que estaba la ciudad como resultado de esa tragedia encontraba cualquier excusa para quedarse en la oficina del correo hasta las horas de la noche y no tener que hablar con nadie sobre el asunto. El país entero estaba frustrado pues no sabía cómo luchar contra un enemigo invisible. Pero el presidente de Los Estados Unidos tuvo idea brillante: para encontrar algo con que vengar los muertos, se desahogó bombardeando los museos, las escuelas, y los hospitales de Irak y convirtiendo ese país en ruinas. Sebastián, secretamente se conformaba pensando que una pesadilla como la ocurrida ese septiembre no sería suficiente para opacar a tantos millones de sueños placenteros

En el cielo el sol se había cambiado catorce veces de lugar, y muchas cosas habían cambiado desde los días cuando Sebastián arribó por esta ciudad: César se había casado. Era el padre de dos niñas, vivía con su esposa y sus hijas en Nueva Jersey. Había viajado tres veces a Panamá y le había vuelto a hablar a sus padres. En Panamá el pueblo había ido tres veces a elecciones y había elegido a tres gobernantes cada quien con una agenda diferentes de cómo gobernar. Había nacido y crecido una generación nueva de adolescentes panameños que ignoraba la matanza del año ochenta y nueve, y no sabían quién era Manuel Antonio Noriega. El inglés de Sebastián había mejorado a tal punto, que sus vecinos hispanos lo buscaban para que les ayudara a entender las cartas que les llegaban del seguro social. Algo, que para la mortificación de Sebastián no había cambiado eran las preguntas y los rostros confundidos, sobre todo de anglosajones, cuando escuchaban su acento al hablar Inglés. Aunque él disimulaba su enojo, palidecía de cólera, y se decía ¿Cuál es la gran cosa? Es verdad que no he logrado un dominio absoluto de algunas pronunciaciones, y que enfrento pequeñas dificultades tratando de pronunciar ciertas palabras. ¿Y qué? Es verdad que pronuncio de la misma forma palabras como: "botella y batalla", "barco y oveja", y "caliente y sombrero". ¿Qué pronuncio algunas palabras de la misma forma? Sí ¿y qué? ¿Que no se sabe si estoy diciendo: "una playa, o una perra", o "un pedazo de página o un pedazo de mierda"? si, pero caramba, no es para tanto. No es para que me miren como si yo fuera un extraterrestre. ¿A caso hacen los mismos gestos, y se hacen las mismas preguntas cuando escuchan hablar a Henry Kissinger? Claro que no. Ese genocida abominable tiene un acento desastroso, y sin embargo lo entienden perfectamente. Y los que no lo entienden, se esfuerzan en adivinar lo que quiere decir. Cuando pensaba en esas cosas, se sonreía con cinismo, y se decía: mal paridos, de seguro me entenderían mejor si yo no fuera negro y latino. Algo que tan poco había cambiado era el amor que Sebastián continuaba sintiendo por Beatriz.

Conscientemente se había dicho:" ha pasado ya mucho tiempo y no he podido encontrarla. Tengo que pensar en otra cosa." Se distraía con la lectura y se alegraba porque en ocasiones pasaban días sin pensar en ella. Pero cuando menos lo esperaba, soñaba que estaba con ella durmiendo en la misma cama, o que se estaba follando a una mujer que cada vez se le parecía más a Beatriz. Entonces volvía pensar en ella al igual que antes.

Era entonces la primavera 2004. Sebastián no había olvidado la costumbre de cantarle a las estrellas, pues secretamente, se consolaba pesando que a Beatriz podía llegarle aunque fuera sedimentos del eco de ese amor que continuaba vivo. Por las noches tomaba la guitarra y un paquete de cervezas, y subía al techo del edificio a suspirar cantándole al Vía Láctea. Sin embargo, ocurrió que una noche, durante el mes de abril, que cantó *Vete ya,* de Julio Iglesias, lloró como el hombre más desconsolado de éste mundo. Al final se secó las lágrimas, y se dijo: "al diablo con Beatriz. Nueva York está lleno de mujeres. No más amargues, no más pendejadas, no más perder el tiempo esperando a quien no quedó de llegar. Se acabó." Estaba dispuesto a comenzar de nuevo, convencido que esa angustia por Beatriz era ya algo del pasado. Usaría los malestares a acumulados en tantos años de espera como una fuente de inspiración que le serviría para evocar canciones olvidadas sobre amores imposibles y eso sería todo. "No más lloriqueos; me cansé."

La mañana siguiente se despertó cantando canciones viejas, pero sin pensar en Beatriz. Plantó granos de frijoles y de girasol en tarros que tenía en las escaleras de incendio, observó a una tórtola anidando en el borde de la ventana de la cocina, los ruidos de la ciudad les parecían melodías armoniosas. Ante sus ojos, el mundo era un perfecto edén. Tarareaba cualquier ritmo y se sorprendió así mismo bailando una quebradita; un baile que le parecía absurdamente cómico. ¿Por qué tanta alegría?, ¿sería porque había terminado de leer *La Vida Está en Otra Parte* de Milán Kundera y se sentía contento siempre que terminaba de leer un libro interesante?, ¿Sería porque había decidido romper con el pasado y olvidarse de Beatriz? ¿Sería porque comenzaba de nuevo a ver en cada mujer joven un posible polvo? ¿Tal vez era porque sabía que a partir de entonces ver un cuerpo hermoso sería como un ensalmo para el espíritu?, o ¿Sería que simplemente estaba poseído por la energía que inspira la primera?, no estoy seguro, pero la verdad es que estaba feliz esa mañana de abril.

No fue a trotar, como normalmente acostumbraba hacer los días libres. Tenía deseos de cocinar un buen desayuno. Encendió la estufa y en un caldero puso a hervir trozos de yuca. Acto seguido, hizo un picadillo con cebollas rojas; ajo, pimientos verdes, tomates, cebollín, y cilantro; le agregó vinagre de frutas y sal. Mezcló los ingredientes en una sopera de aluminio y los dejó que se pre cocinaran en sus propios jugos. Sacó cuatro huevos de la nevera. Los batió con un tenedor hasta que las yemas y las claras se convirtieron en un líquido amarillo, y espeso como un jugo de mangos. Encendió otra hornilla a fuego ligero y puso a calentar un sartén. Agregó un chorrito de aceite de maní y con los primeros crujidos del aceite caliente, echó a cocinar los huevos batidos. Los revolvió con diligencia hasta que el aroma se dispersó por la atmosfera, entró por las ventanas de su nariz y salió por las ventanas abiertas del apartamento. En un segundo plato depositó el contenido del sartén. Procedió a cocinar la cebolla, y los demás vegetales. Le agregó jugo de limón y los salpicó con pimienta negra. Un exquisito olor impregnó los alrededores y le aceleró el apetito. Revolvió los huevos y los vegetales cocinados. Cuando la yuca estuvo lista, se sentó a la mesa a desayunar. Antes, desconectó el teléfono; no quería ser interrumpido, aun si un cataclismo inesperado se desataba en la tierra y esa llamada hubiera servido para salvarle la vida.

Luego del desayuno, para ayudar la digestión, decidió dar una caminata. En la esquina de las calles Broadway y Bleecker, por distracción, emitió un eructo sonoro, que impregnó el aire con una fragancia a pimientos fritos y le devolvió a la garganta sedimentos de yuca. Sorprendido, miró los alrededores, por si había moros en las costas; por suerte, a esa hora, Manhattan estaba semi-dormida. Caminó hasta la librería Lectorun, en la calle catorce. Compró un diccionario Pequeño Larousse y El Amor en los Tiempos Del Cólera de Garcia Márquez. Volvió a su apartamento tarareando canciones de las cuales conocía apenas palabras sueltas y retazos de ritmos.

Lavó los trastes sucios del desayuno, y se sentó a leer. Con las primeras horas de la tarde concluyó la lectura. Se detuvo en el capítulo en que el doctor Juvenal Urbino se mata al tratar de atrapar al loro que se resistía a bajarse del árbol. La muerte siempre causaba en Sebastián la sensación de un trago amargo difícil de pasar y tenía que suspender la lectura; dejó el libro abandonado en el sofá. En la televisión, La Pantera Rosa le disparaba con una escopeta a una termita que amenazaba con comerse su casa de madera.

Era ya la tarde, del primer sábado de la primavera del 2004, y Sebastián continuaba poseído por una alegría inexplicable. A un cuarto para las tres, fue a ver qué novedad podía encontrar en el mercado de pulgas de la calle Canal y Lafayette. Ese fin de semanas no había mercado; te toda forma, continuaba eufórico. Tenía el presentimiento de que algo hermoso estaba por ocurrir. Sentía que algo sobre humano estaba a punto de acontecerle. Presentía que le había tocado la suerte de vivir un hito en la historia, una revelación asombrosa. Todo le producía risa. Estaba tan contento, que se parecía al enamorado de la mujer invisible. ¿Sería porque había decidió comenzar de nuevo y veía en cada mujer una fabulosa posibilidad, y se decía para sus fueros internos: Dios mío, qué mujer más bella?"

Miró la gente apresurada que andaba de compras, vio mujeres hermosas, dignas de tentaciones, que iban del brazo con hombres de aspectos grotescos, y se dijo "ah, que suerte tienen los hombres feos" en las aceras, y atestados contras las paredes vio parejas de jóvenes acariciándose y se alegró, como si él hubiese uno de ellos. En una tienda de ropas para damas vio maniquíes con vestidos ceñidos al cuerpo. Sintió deseos de entrar y acariciarles el trasero. Y se preguntó: ¿Cómo serán sus nalgas, duras como el yeso, o las tendrán firme como la de un cuerpo joven? Pensó: ¿Que dirá la gente si me ven toqueteando a un maniquí? Dirán que estoy loco, y era verdad, estaba loco por abrasar a una mujer joven y hermosa.

Hizo una izquierda en la sexta avenida, y una derecha en la calle Chamber y llegó hasta el parque Washington Market Park. Madres con sus niños jugaban a balancearse en los columpios y se dijo: "así me gustaría ver a mi futura esposa". Se sentó a la leer El Amor en los Tiempos Del Cólera. Pero minutos más tarde sintió algo de sueño y se acostó en la banqueta bocarriba. Miró por un instante el cielo despejado que como una gran cúpula azul cobijaba la ciudad. Nunca antes en Nueva York había visto un cielo más azul; era hermoso, como el cielo de Panamá. Abrió el libro por la mitad y se protegió el rostro con él.

Soñó con una primavera ya lejana en Panamá cuando Paula y él eran niños. Rogelio, no estaba en casa, y Tomasina había decido llevarlos al parque. Qué curioso, se dijo en medio del sueño, este parque tiene gran parecido al Washington Market de Nueva York. Sebastián estaba sentado en un caballito de madera con espiral y Paula saltaba la soga. De repente su madre les ordenó: ¡rápido suban a ese árbol! Subieron tan pronto como escucharon la orden. Acto seguido la madre subió al árbol y se unió a ellos. Fue entonces cuando comprendió lo que sucedía: todos habían corrido a refugiarse en sus casas y en los arboles más cercanos. Había un caníbal suelto que amenazaba con comerse a uno de ellos. Como es normal en los sueños, a quien sueña le toca siempre la peor parte. El caníbal se dirigió a donde estaban Sebastián, Pamela y Tomasina. La madre de ellos, que era la más fuerte del grupo, tomó la delantera y enfrentó al caníbal diciéndole: "¡No te atrevas a subir! Luego, le ordenó: ¡caníbal, no te subas!, ¡caníbal, no!, ¡bájate caníbal!", y a medida que éste se acercaba a la rama donde ellos estaban la voz de la madre iba perdiendo autoridad y se convertía en una súplica que rogaba al caníbal "¡bájate caníbal!, ¡que te bajes ya!, ¡por Dios caníbal, no me mortifiques!, hazme el favor y bájate"

Se despertó atribulado. Niños custodiados por sus madres, continuaban jugando a atrapar mariposas. Le atrajo la atención, la juventud de tantas mujeres hermosas con sus crías, y se dijo para sus fueros internos: "Dejad que los niños que vengan a mí, porque detrás de ellos vendrán las mamás." Estaba pensando inventarse una excusa cualquiera, para acercárseles y entablar una conversación con la que estuviera más cerca. (o más propensa) Fue entonces que escuchó a una de ellas clamar: "¡por Dios Aníbal bajete del árbol!" Y luego, "¡Aníbal bájate, que te vas a caer!, ¡Aníbal no me mortifiques!". Aníbal debía tener no más de diez años. Estaba en una de las ramas más altas, de un árbol en el extremo sur del parque.

Con esa forma de ser que tenemos los latinos de pensar que todos los latinos del mundo somos parientes, Sebastián llegó a donde estaba la mamá de Aníbal; subió al árbol para ayudarlo a bajar. Estaba ya a unos diez pies de altura, cuando descubrió el motivo y la razón por el que Aníbal no se animaba a bajar: al subir, no había visto un gran panal de avispas al que había rozado levemente, pero los insectos no habían volado. Ahora estaban erizados sobre el panal, a punto de atacarlo. Sebastián recordó al indio Kuna en la selva del Darién, que cargaba un enjambre de abejas y que le dijo "sino respiras cuando estas próximo a ellas, no te hacen nada". Se imaginó que las avispas al igual que las abejas atacan por que les enfurece el dióxido de carbono de la respiración. No había tiempo que perder. Sostuvo la respiración, y pasó tan cerca del panal, que lo rozó con el hombro derecho, y sin embargo, no lo atacaron. Llegó a la rama en que estaba Aníbal, y como si hubiese estado en la celebración de su cumpleaños, y lo hubiera estado felicitando por haber cumplido un años más de vida, le dijo en voz baja, para que nadie oyera: Aníbal, mi nombre es Tarzán de la Selva, pero los que están allá abajo mirándonos me llaman Sebastián. Mi nombre no importa ahora mismo, lo que sí importa es que las avispas no nos piquen" Así que le aconsejó al niño lo que ustedes ya saben. Bajaron del árbol sanos y salvos. Sebastián se convirtió en el héroe de esa tarde.

Sintiéndose el centro del universo Sebastián estaba tan contento, que no le cabía una semilla de ají por ninguna parte. La madre de Aníbal, de nombre Miranda Osorio, una hermosa Barranquillera, le dio las gracias con una mirada de agradecimiento, que causó Sebastián se tornara aun más tímido de lo que en realidad era, y le contestara con un formal: "a sus órdenes, siempre".

Se sentó a leer, fingiendo que no había ocurrido nada importante, como si él hubiera estado acostumbrado a salvarle la vida a alguien a diario. La verdad era que les temblaban las manos de tanta emoción y miraba con la rabiza de los ojos, y esperaba que tantas mujeres hermosas continuaran admirando su temeridad y le dijeran que él era muy valiente.

No habían pasado cinco minutos cuando una voz de mujer lo interrumpió con un "hola, no podía creer que eres tú" El pensó decirle: "ah, eso no es nada". Pero al ver quien le hablaba dijo "eh, eh… y luego ¿señorita Smith?, pero, ¡Dios mío, no lo puedo creer! Después de más diez años de haberla buscado; más diez años de sentir morir una esperanza que se había ido secando como una planta trepadora afectado por la sequía; más de diez años de rogarle al cielo un milagro, sin ninguna señal; más de diez años, que habían sido más largos que diez siglos de espera, por fin había encontrado a Beatriz. (A decir verdad, ella lo encontró a él)

Hacía ya catorce años desde esa tarde remota cuando la vio por última vez en la estación del autobús en Panamá, y ahora, al igual que entonces, sintió el corazón zapatearle en el pecho de ansiedad. Beatriz estaba tan hermosa como antes, que estoy diciendo, estaba aun más hermosa que antes, pues más de una década solo había servido para acentuar aun más su singular belleza. Su cuerpo esbelto, su rostro juvenil, su pelo negro azabache eran solo meros detalles en la constelación de su gracia sublime. Estaba vestida con sandalias de cuero, pantalones de fuerte azul y una blusa blanca de encajes por cuyo escote se aproximaban unos senos dignos de producir vértigos en los hombres de buena voluntad. Algunos niños la llamaban "Bibí" y gritaban su nombre desde un extremo del parque. El le preguntó: "¿tus niños?" y de inmediato notó que era la primera vez que la tuteaba y casi le pide disculpa. No, dijo ella con una sonrisa en los labios. No estoy casada ni tengo niños. Trabajo para una agencia, con víctimas de violencia domestica. Estos son algunos de los niños de las madres abusadas." ¡Que bien! suspiró Sebastián. Y le preguntó: ¿te acuerdas de Panamá y de la biblioteca en donde nos conocimos? Si -dijo ella bajando la mirada, como si doliera recordarlo. Yo también me acuerdo de esos días, dijo Sebastián y agregó: cuando supe que te habías marchado, no volví más a la escuela. El notó que ella esquivaba la mirada y entonces agregó: pensé que cuando volviera a verte estarías casada, con niños, y que no me reconocerías. Me alegro de haberme equivocado. Luego como si hubiera dictaminado una sentencia, agregó: -quiero que sepas que mis intenciones siguen siendo las mismas. -Ella lo miró a los ojos, y un tanto divertida por esa solemnidad con que él le habló, le preguntó: ¿y cuál es esa intención? – El, sin disimular, su exagerada formalidad le dijo: me gustaría que vulvas a ser mi bibliotecaria.

Antes de despedirse, intercambiaron números telefónicos y ella le prometió llamarlo al día siguiente para verificarle si se verían nuevamente en el parque. Era tan grande el remolino de preguntas que azotaba a Sebastián por dentro, que cuando Beatriz se marchó con los niños, como una gallina rodeada con sus pollitos, él ni se percató cuando llegó la noche, y era ya el único que había quedado en el parque. Al final se puso de pie y poseído por una alegría, desbordante, salió bailando, y cantando *Ahora Si*, de Israel Cachao López. Llego a su apartamento bañado de sudor y sin dejar de cantar *Ahora Si*. En el espejo vio el reflejo de un Sebastián que se reía solo; no pudo resistirse al deseó de bailar *La Macarena* frente al espejo de cuerpo entero.

Ahora podía entender la ilógica alegría que lo había poseído todo el día. Se decía "yo sabía que algo grande iba ocurrir en vida" Sin embargo recordó experiencias pasadas y paró de reír. La vivencias pasadas le habían enseñado que en el imán de la vida, como en la ley del a física, los polos opuestos se atraen (sabía algo más sobre física). Había aprendido que los momentos felices casi siempre generan infelicidad. No se precipitó como un loco a pensar que por fin había llegado el día de suerte. Paró de cantar. Se dijo: "No, no, no. Nada de optimismo" Estaba tenso; listo para que nada lo sorprendiera. Siempre en guardia, en espera de cualquier desgracia, fue al mercado a comprar algo que necesitaba, y se le olvidó el encargo en el camino. Esperaba que de repente se le atravesara un gato negro, o que le cayera un piano encima. Regresó con las manos vacías, y al abrir la puerta esperaba encontrar una escena desagradable: el apartamento destruido por algún ratero, o algo así por el estilo. Para su sorpresa todo estaba en orden A las diez de la noche, cuando alguien por equivocación tocó a su puerta se dijo: "¡carajo, la policía! De seguro me vienen a acusar de algún homicidio". Se fue a la cama, casi defraudado por que todo estaba totalmente normal.

No sentía sueño, y cuando por fin se durmió ya estaba ansiando volver a ver Beatriz. No hizo más que soñar con ella durante toda la noche: él y Beatriz, felizmente casados viviendo en una casita azul. Beatriz desnuda en una playa solitaria bronceándose al sol. Beatriz envuelta en una toalla, recién salida del baño, mientras él la esperaba en la cama fingiendo leer una revista sobre modas. Beatriz desnuda en un mecedor peinándose los bellos púbicos con un cepillo de peinar muñecas. Beatriz midiéndose un vestido en una tienda de departamento pidiéndole que le ayudara a abrocharse el brasier. Beatriz comprando ropas íntimas en una tienda Victoria Secret, y los dos convertidos en caballos corriendo por una pradera verde.

El domingo no salió a la calle; estaba a la expectativa de una llamada de Beatriz. En horas de la mañana el teléfono no timbró ni una vez. Ella no llamó en todo el día, y con el pasar de las horas a Sebastián se le encogía el corazón ante el temor de que ella hubiera desaparecido una vez más. Al atardecer volvió al parque. Habían niños jugando por todas partes, y la buscó por algunos minutos sin ningún resultado. Intentó leer y fue imposible lograr concentrarse. Se dijo: "¿Otra vez?" Cuando ya oscurecía, deprimido, decidió volver a casa. En el camino, para completar su desplante, comenzó a llover, y regresó al apartamento empapado de los pies a la cabeza. Echó la ropa ensopada de lluvia en la bañera y se quedó desnudo dando trancos de una esquina a otra rumiando de rabia: ¡Hija de la gran puta! Se desaparece por más diez años, y ahora regresa a fastidiarme la vida, ¡Mal parida! Ya sabía yo que tanta alegría no podía generar nada bueno" No podía recodar un solo momento de felicidad que no hubiera abierto la puerta a un torbellino de pesadumbres. Más aun, pensaba que los pocos momentos felices que había vivido solo habían sido instantes breves en toda una vida de martirios. Trató de pensar en otra cosa. Intentó de distraerse mirando el televisor, pero ni siquiera las ocurrencias de la Pantera Rosa lo hacían reír.

A eso de la diez sonó el teléfono. (Si, adivinaron, era Beatriz) Al escuchar el timbre de su voz

Sebastián pensó decirle: "¡no me jodas!" colgarle y luego desconectar el teléfono, pero aguantó su enojo, de la misma forma que en los momentos más difíciles soportaba y esperaba, como un gallo guapo, y le contestó con un frio: "hola Beatriz". Al notar su voz congestionada, al otro extremo de la línea, su coraza de enojo se fue debilitando como cáscara de huevo sumergida vinagre. -¿Te sientes bien? -Le preguntó él. "Estoy resfriada, no he salido de casa en todo el día. Discúlpame no haberte llamado antes. No había tenido fuerzas ni para levantar el teléfono. Ya me siento algo mejor."

Hablaron algo menos de media hora, y al final de la conversación, Sebastián era ya un hombre nuevo. El mundo volvía a sonreírle otra vez. Ahora hasta su ropa mojada, apilada en la bañera, les parecían hermosas, porque se habían mojado por una buena causa. La noche era fresca y despejada y el cielo ofrecía grandes racimos de estrellas. A esa hora, y sin importarle un pepino que sus vecinos podían estar durmiendo, o intentando dormir, tomó la guitarra y cantó *Guitarra Suena Más Bajo* de Nicola Dibari, y alguien desde el otro lado de la pared le respondió "¡Coño, guitarra cállate completamente, y déjame dormir en paz!"

Cuando Beatriz se restableció de su resfriado, y se volvieron a ver en el parque, Sebastián no recordaba haber a visto una mujer más hermosa. Aun por esos días, recién recuperada de las fiebres, y de una gripe atroz, su belleza era la de una diosa. (Eso de su hermosura, puede parecer una exageración, pero créanme, es verdad que era una mamasota. Yo la conocí) Había algo en ella que lo volvía loco y lo hacía gaguear. Cuando ella lo miraba a los ojos él se descontrolaba, y se sentía humilde y levemente ridículo a su lado. Esa tarde, en el parque estaba tan impresionado de su belleza que recordó la antigua leyenda del anciano que le ofreció el alma al Diablo a cambio del amor de mujer joven y hermosa. Ahora ante la belleza de Beatriz, pensó, que si hubiera sido necesario, a cambio de su amor, él también hubiera ofrendado su alma, y con mucho gusto hubiera habitado los designios del infierno por los siglos de los siglos amen. Pero no fue necesario hacer ninguna ofrende, ni hacer contratos firmados con sangre, ni nada parecido, pues Beatriz estaba de los más coqueta con él, y todo parecía que la suerte de Sebastián por primera vez, en muchos años, por fin había cambiado. Tres días más tarde, después de hablar con su jefe, Beatriz invitó a Sebastián a la agencia en donde ella trabaja para que les tocara la guitarra a los niños.

En la agencia, Sebastián conoció al jefe de Beatriz, un judío, enano, gordo, calvo, y antipático, que era el vivo retrato de Danny De vito en la película Matilda. Se llama Abraham Tenenbaum, y miraba a Beatriz como si él hubiera estado hambriento, y ella hubiera sido un delicioso platillo. A cada instante le decía cosas como: "querida te vez hermosa", "querida ese vestido te queda divino" y cosas así por el estilo. Tener que ver y escuchar a ese tipo era algo insoportable para Sebastián. Hubiera preferido una patada de mula en el estómago, a continuar soportándolo. No tenía dudas, que de habérsele permitido, él muy cabrón la hubiera adoptado como a su hija. De seguro hasta se la hubiera sentado en las piernas, y le hubiera leído los libros de Dr. Zeus. Sebastián se lo imaginaba con un destello de malicia en los ojos Sentándose a Beatriz en las piernas y leyéndole: "Oh Sam, ¿quieres comerte mis huevos y mi jamón verde?" Mientras el jefe enano le a habla a Beatriz, éste miraba a Sebastián de la misma forma que un perro mira a otro perro rival ante la presencia de una hembra en celos.

En el área de juego de los niños mientras Sebastián cantaba canciones como: Que Lindos Ojitos Tiene la Hormiguita, y Pio, Pio, Pio Dicen los Pollitos, el papá de Matilda observaba el espectáculo, fingiendo estar contento, aunque seguramente estaba pensando: "¿Qué puedo hacer para sacar a éste patán de aquí?" A la misma vez miraba a Sebastián con unos ojos, que de ser puñales, lo hubieran matado. Los dos se despreciaban mutuamente, así que Sebastián, que presentía sus intenciones le devolvía la mirada mientras fingía cantarles a los niños la canción de la cucaracha que no puede caminar. En un momento en que el jefe fue a contestar una llamada de urgencia, Sebastián aprovechó la ocasión para mirar a Beatriz y cantarle la canción La Noche Que Me Quieras.

El sábado siguiente, Sebastián esperó a Beatriz en la estación del tren A. Iban al cine. En el subterráneo un niño que jugaba con su patineta al verlos pasar, uno al lado del otro, le preguntó a Sebastián: "¿es tu novia?" Sebastián sonriente, afirmó con la cabeza y el niño después de una rápida ojeado le confirmó: "tiene buenas tetas." Fueron hasta la calle 46 con la sexta avenida, en donde vieron la película: *Austin*

Powers 3, Gold Member. En el cine, sentados uno al lado del otro, a veces sus cuerpos se rosaban y eso causaba que con frecuencia Sebastián perdiera el hilo de la trama. Comieron palomitas de maíz como dos tórtolos acurrucados en la oscuridad. Luego de haberlo pensado durante largos minutos, él le puso una mano sobre la rodilla, y al no encontrar resistencia sus dedos continuaron indagando terrenos más profundos, pero se encontraron con unas piernas herméticamente cerradas que le prohibieron el paso. Más aún Beatriz le dio un pellizco en la mano. Un instante más tarde él volvió a insistir, y ella permitió que le acariciara los senos. Aunque la deseaba con unas ganas brutales, no quería demostrarle que estaba desesperado. Rieron hasta más no poder con la ocurrencia de Austin Powers. Aun horas después de terminada la película, los dos recordaban con lagrimar en los ojos de tanto reír, algunas de las escenas. La que más risa les produjo fue una en que Austin le tocó con una ramita el lunar en el rostro de un espía amigo. De regreso a casa, Beatriz permitió que Sebastián la acompañara hasta el edificio en donde ella vivía. Más aun, lo invitó a entrar. A la entrada del edificio, el corazón de Sebastián era un caballo desbocado que le atropellaba el pecho. Se le secó la boca con solo imaginarse que ella lo invitara a la cama, y se le entregara en cuerpo y alma. La siguió hasta su apartamento y pensó que no hay nada más tentador que subir una escalera angosta guiado por el trasero de una mujer atractiva. Esa cercanía era como una vocación para sus manos.

El apartamento de Beatriz estaba a solo tres pisos de altura, pero Sebastián apenas tuvo el aliento suficiente para llegar hasta allí debido a los azotes que les propinaba el corazón, y por el asma repentina que le provocaba la fascinación de lo inesperado. Beatriz le ofreció un vaso con agua y él se sirvió otro más del chorro del fregadero. Ella se disculpó porque su nevera estaba descompuesta. "Siéntate", -le dijo ella, mostrándolo el sofá. – "Ya regreso, me voy a poner algo cómoda." Si antes él había estado nervioso, ahora estaba al borde del pánico. El vaso le temblaba en la mano y se derramó parte del agua encima; tuvo que posarlo en la mesa. Sebastián había visto escenas semejante en películas de amor en que la amante dejaba al galán esperando un par de minutos, y luego regresa con escasas ropas puestas. Así que con el corazón en un hilo, él esperaba que ella regresara en bata dormir y sin ropa interior; lista para el combate.

(Hombres que me escuchan, no se emocionen, que esta es una historia verídica y la realidad termina siempre estropeándolo todo). Beatriz regresó un instante después, pero no estaba vestida como Sebastián esperaba. De ropa íntima, ni las señas. Ella no miró a Sebastián con ojos de deseos, como él esperaba, ni sus labios eran provocadores, ni anunciaban besos. Ella ni siquiera le ofreció una frase provocativa, ni nada por el estilo. A decir verdad, Beatriz había regresado vestida tal y como se había ido. ¿Sería que se había arrepentido en el último segundo? Sebastián no podía entender que había querido ella decir con eso de que se iba a "ponerse cómoda". Y ¿Qué creen ustedes que hizo nuestro caníbal?, ¿se enojó con ella y la mandó al carajo?, ¿le reprochó, el por qué se hacía la difícil?, ¿le dijo: métete el toto por el culo, y se marchó dándole un estrellón a la puerta? ¿Eh? Pues vean que no. Sebastián se cuidó hasta de respirar hondo para no dejar conocer su frustración, y se dijo para sus adentros: "serenidad y paciencia mi pequeño Saltamontes. Ya he esperado más diez años para encontrarla, y ahora que la tengo tan cerca, no la voy a dejar escapar". Volvió a respirar calmadamente y continuó diciéndose: paciencia, paciencia, paciencia. Con paciencia y salivita un elefante singó a una hormiguita". Pensando de esa forma se acomodó en el sofá y pacientemente observó a Beatriz colocar una película en la videocasetera. Era ya cerca de la media noche, cuando terminaron de ver a *Austin Powers Two, The Spy Who Shagged Me*. Al darse las buenas noches, Sebastián estaba tan restablecido de su desconsuelo, que encontró algo de humor en la ocasión y haciéndose el bobo le preguntó a Beatriz ¿Qué significa to Shag? Ella con una sonrisa, en los labios le contesto: "buenas noches Sebastián", y le cerró la puerta en la cara. Camino a casa se consoló pensando que nunca la había visto más bella que detrás de esa puerta entre abierta.

Dicen por ahí, que para conseguir a la mujer que se desea, hay que tener una paciencia de pescador, que hay que tirar el gancho con la carnada bien puesta, y tener paciencia, que tarde o temprano la buena trucha morderá la carnada y sass, queda atrapada. Como con su primer anzuelo (el cine) atrapó muy poco. Sebastián no estaba nada satisfecho pues un hombre enamorado no se conforma con migajas de cariño. Decidió pescar en otro remanso del río del amor. Había escuchado que antes de llevar a una mujer a la cama, primero la llevas a cenar. Al día siguiente la llamó y la invitó a cenar a "La Casa Bella" un restaurante lujoso en *Little Italy*. Notó a Beatriz no muy interesada. Ella le dijo que prefería los lugares más pequeños y alejados del bullicio. Sebastián, entonces decidió lanzarle otro anzuelo, y le dijo: "entiendo, esos cocineros, preparan sus platos al por mayor, como si cocinaran para el ejército. Tú te mereces algo mejor que eso. Te invito a mi apartamento en donde cocinaré para ti, y si no te chupas los dedos, me cambio el nombre." (De ser necesario se llamaría Fernando) ¿Y qué mujer no quiere ver a su enamorado cocinando una cena especial, solo para ella? Así que en menos de lo que se dice la palabra Parangaricutirimícuaro, ella le preguntó ¿Cuándo? El pensó decirle: "el día que guíe la saeta de tus deseos." (Cuanto más profundamente enamorado estaba, mayor era su tendencia a usar esas expresiones pendejas del siglo de oro) Sin embargo le contestó con otra pregunta: ¿qué tal el próximo viernes?

A las seis y cuarto del anochecer de ese viernes Sebastián le decía a Beatriz "bien venida seas a mi humilde morada". Claro que las palabras "venida seas" le trajeron a la mente un torbellino de cosas, y casi le pidió perdón por los malos pensamientos que afloraron a sus ojos. Se apresuró a mostrarle su pequeña cocina en donde había una bañera con patas de león, una mesa para dos, y un techo con cacerolas colgando por todas partes; le mostró la sala, que era del tamaño de un armario grande; le

mostró el baño, con un inodoro de marca American
Estándar, de cadenita, sobre cuyo tanque acomodaba
sus calzados. Le contó que su presión era tal, que
una ocasión se había chupado un par de zapatos sin
estrenar. Finalmente le mostró su habitación en cuyo
buró había calzoncillos lavados y doblados en cuatro
y le mostró su cama amplia y muy bien tendida.

De regreso a la cocina, le ofreció una copa de
vino, y se colgó un delantal del cuello. Procedió a
hacer la cena. "¿te gusta la comida Italiana?, pues me
alegro. Trabajé cinco años con italianos y me aprendí
unos cuantos platos. Esta noche voy a cocinar para
ti pollo a la parmesana. Puso tres platos llanos y
una sopera sobre la mesa. Puso en uno de los platos
rebanadas de pechugas de pollo en jugo limón. En
otro esparció harina de pan sazonada, y en la sopera
batió cuatro huevos. Tomó un pedazo de pechuga,
lo sumergió en los huevos batidos, luego lo colocó
sobre la harina de pan por ambos lados y cuando
el trozo de pollo estuvo completamente cubierto
de harina, lo colocó en el tercer plato. Así precedió
a empanar pieza por pieza las pechugas. Cuando
terminó de empanar la carne, descolgó un sartén
del techo y puso a freír aceite. Colocó en el sartén
las primeras cuatro piezas de pollo y el ambiente se
impregnó con el exquisito olor. Beatriz lo observaba
con una curiosidad de estudiante aplicada y
seguramente hasta se decía: "madre mía, de lo que
me estado perdiendo todos estos años." Al ver el
destello de alegría en los ojos de Beatriz, Sebastián
se sentía el ser más afortunado de éste planeta.
Para quitarle a las carnes fritas excesos de grasa, las
colocó sobre servilletas de papel. Cortó un pedazo de

carne pequeño por la mitad y se lo ofreció a Beatriz. Su aprobación fue inmediata; aun así Sebastián le preguntó: ¿qué te parece? Ella le confirmó que nunca antes había probado nada tan delicioso. Minutos más tarde, en la pequeña mesa Sebastián colocó dos copas y una botella de vino. Sirvió una gran fuente de espagueti con salsa de tomate, y la carne pollo con queso mozarela fundido.

Después de Cenar, como un verdadero Don Juan Tenorio, Sebastián tomó la guitarra y le cantó la canciones *El Loco* de Javier Solís, *Burbujas* de amor de Juan Luis Guerra y *Regálame Esta Noche* de Roberto Cantoral. Esas tres canciones hubieran sido suficientes para ablandar a una muralla, pero no a Beatriz. ¿Creen ustedes Sebastián se desesperó y le dijo "mujer del diablo, que es lo que tú te piensas? No. El caballero se cuidó de no dejar escapar ni siquiera un suspiro de mal humor, y se dijo nuevamente: "serenidad y paciencia mi pequeño Solín" y decidió nuevamente cambiar de estrategia y se propuso hacerla reír. Le dijo: "sabes, mientras trabajé con mis amigos los italianos, aprendí a hablar ese idioma; aquí te va un ejemplo de mi talento hablando el lenguaje de Pavarotti: ¿Sabes como se dice fusílenlo en Italiano? Aaa…No.

¡Fusílenlo!, se dice: fucili

Sarpullido, se dice: pícola

Un pan pequeño, se dice: panini

Tienes el pelo muy rizado, dice: risotti

Tírame eso, se dice: tiramisú

Regatear, se dice: rigatoni

Ratón, se dice: rotoni

Chismoso, se dice: linguini

No me gusta fumar pasto, se dice: antipasto

Las palmas de tus manos son curativas, se dice: parmesana

Un pedazo de torta pequeño para Alfredo, se dice: tortolini Alfredo.

Alfredo es un feto de mierda, se dice: futucine Alfredo.

Ella se sujetaba el vientre, de la risa y hasta le puso una mano en el hombro y le dijo muerta de contenta: "tu estás loco." Pero ¿le dio ella un beso, y follaron esa noche? No. Beatriz, era más dura que un guayacán. Dos botellas de vinos más tarde, Beatriz miró el reloj y le dijo: "he pasado unas horas muy amenas, aquí, pero ya es hora de irme a dormir." Sebastián pensó ponerse las dos manos en la cintura y decirle mirándole a los ojos: "pero es verdad, Eliseo Vargas, que tú no me conoces". Sin embargo solo se dijo para sus fueros internos: si te animaras, podemos pasar una noche soberbia." Más aun, solo le dijo, de muy buen talante: "jovencita, te acompaño hasta tu apartamento." Ya en la calle, él le agradeció, en más de una ocasión el que ella hubiera aceptado ir a cenar con él en su apartamento.

La noche del miércoles Sebastián ya estaba en la cama cuando sonó el teléfono. "¿Si?" Era Beatriz, quería pedirle un favor. El viernes por la tarde llevaría a los niños de la agencia a jugar, al Parque Central, y quería que él le ayudara con ellos. Sebastián, que veía en cual situación una oportunidad para acercársele le contestó con un: "siempre cuenta conmigo" (no hay nada más dulce que hombre enamorado.)

El vienes siguiente, en la mañana Sebastián pidió permiso a su jefe en el correo, para salir una hora más temprano de lo normal. Ya a la cuatro estaba en su apartamento. Se dio un buen baño vistió ropas deportivas. Se perfumó, se miró en el espejo, se sintió cheverón, y salió a la calle silbando una canción. Había esperado apenas cinco minutos en la estación del tren, cuando la bella Beatriz llegó con once niños para el parque. Llevaban: bates, pelotas, pistolas de agua, toallas, un radio portátil y una neverita de playa con agua y jugos.

En el parque tardaron cerca de media hora tratando de ponerse de acuerdo en un juego que todos pudieran jugar. En última instancia, Sebastián decidió que jugarían a la pelota. Dividieron el grupo en dos: barones contra las hembras. Los niños nombraron su equipo con un nombre muy original: Los Yanquis. Y como entre ellos había nombres como Mariano, Ivan, Bernabé, Luis, Jason y Pablo, el nombre del equipo no estaba de un todo mal. Las niñas no llegaron aponerse de acuerdo con un nombre para su equipo, así que terminaron llamándolo con otro nombre muy original: Las Hembras. Según los niños Beatriz y Sebastián, estaban "demasiado viejos" para jugar con ellos, pero estuvieron de acuerdo en que jugaran, siempre y cuando estos participaran representado a sus respectivos sexos. Y le aclararon que no estaba permitido hacer trampas. Al comenzar Beatriz le preguntó A Sebastián "¿qué posición te gusta jugar?" el, como siempre pensó decirle "contigo me gustaría la posición del perrito", pero le contestó: "pitcher".

El juego se inició con las niñas bateando de primero. Los mini yanquis con tal de demostrar que ganarían de todas formas, dejaban la pelota correr, y a apenas se esforzaban para hacer algunas jugadas. Sebastián por su parte, para demostrarle a Beatriz que él era todo caballero, lanzaba la pelota, como para que la atrapare un recién nacido. Las niñas anotaron quince carreras en la primera entrada y casi forman un berrinche, porque según ellas los varones eran unos tramposos. Cuando a los yanquis les tocó batear, notaron sorprendidos, que las niñas estaban dispuestas a cualquier cosa con tal de no perder. Se empeñaban en dejarles saber al equipo contrario que ellas no eran tan inútiles, como ellos pensaban. Perseguían la pelota con entusiasmo y corrían con verdadero deseos de ganar. Beatriz, por su parte, no tenía clemencia con ninguno de los niños, y mucho menos con Sebastián, a quien en una ocasión por poco le rompe una costilla de un pelotazo. Al final del juego las hembras ganaron dieciocho a cuatro. ¿Quién hubiera dicho que los yanquis alguna vez podían ser derrotados por un grupo de niñas? Camino de regreso, las ganadoras hicieron una algarabía tal que los demás pasajeros en el tren las miraban con deseos de hacerlas callar.

Después de cenar, Sebastián intento leer un rato y no pudo. No podía dejar de pensar en Beatriz jugando con los niños esa tarde y pensó que él también había pasado una hermosa tarde. Es más, pensó, que nunca antes había vivido unas horas tan fabulosas. Apagó la luz para mejor pensar en ella, y pudo revivir en el pensamiento la prodigiosa mañana de primavera cuando la vio por vez primera, tratando de coger ropas de un tendero. Luego, en el pensamiento, siguió viéndola en la biblioteca en Panamá, mientras leía a Juan Salvador Gaviota de Richard Bach. Volvió a verla de espalda ordenando los libros. Revivió esa sensación extraña que sintió la ocasión en que le rozó el vestido. Mientras navegaba en la oscuridad en busca del sueño, siguió aspirando el olor a libros en aquella lejana escuela, y recordó sus ojos alegres ahora catorce años más tarde aquí, en Nueva York, y se dijo: "caramba, como cambian los tiempos y evolucionan los deseos". Recordó que en principio se hubiera sentido dichoso con solo estar a su lado respirando el aire que ella había respirado. Luego le hubiera bastado con saber que por las noches ella pensado en él. En una ocasión había pensado que ante un beso suya cualquier felicidad sería poca. Ahora en Nueva York, se le antojaba pensar que su sensual figura era algo parecido a una arquitectura moderna que se desea poseer para tocarla, olerla, lamerla y penetrar en ella, sintiéndose ser su dueño y señor. Esta noche, ¡coño!, quería tenerla a su lado en la cama, desnuda como Dios la trajo al mundo. Quería contarle las constelaciones de sus pecas, los archipiélagos de sus lunares; quería sentir el rose de su piel, fundirse dentro ella y dormir sobre su ombligo.

Encendió la luz y las manos les temblaban del suspenso cuando levantó el teléfono para llamarla. Al tercer timbrazo escuchó la voz soñolienta de Beatriz que preguntaba: -¿bueno?, ¿Quién es?

-Soy yo, Sebastián.

-¿Qué pasa?, ¿Estás bien? ya estoy en la cama.

-¿Sí? lo siento, -dijo él- pero tengo algo importante que decirte y te lo tengo que decir en persona.

¿Puede esperar hasta mañana? -Preguntó Beatriz.
-No, debe ser ahora.

La deseaba con un tormentoso deseo, como un hambriento desea un trozo de pan. Y sin embargo, nunca le había confesado ese amor desesperado. Tenía que decirle mirándola a los ojos que la quería más que a todo éste mundo, que la deseaba más allá de la razón. Eso sería todo. Luego volvería a su apartamento y se dormiría tranquilo y manso como un corderito. Sabía que no podría pegar un ojo, si antes no se deshacía de ese tormento que le ardía por dentro. En la calle iba practicando palabra por palabra esa aturdidora confesión. Le diría: "No he podido dormir pensando en ti" No, así no. Le diría: "hace ya tantos años que sufro éste amor y ya no pudo más, tengo que confesártelo" No, así tampoco "Quiero que seas la madre de mis veinticinco hijos" ah, no. Debo ser más romántico; le diré simplemente "te quiero Beatriz" Así, sin decidir como empezar con ese desahogo, minutos más tarde estaba frente a la puerta de su apartamento. Tocó y esperó. Se disponía tocar, aún más fuerte, pero ella abrió antes del segundo intento.

¿Qué pasa? Le pregunto ella, con ese gesto coqueto en la mirada que hacen las mujeres cuando se sienten atractivas y atraídas.

El pensaba confesarle ese amor desesperado que lo estaba consumiendo a fuego lento hacía ya más de una década. Sin embargo, una mujer hermosa, encantadoramente, provocativa, vestida apenas por una pequeña bata de dormir, y a solo centímetro de distancia, hace que cualquier hombre se transforme en un desgraciado que se olvida hasta de Dios. Así que a Sebastián le salió el caníbal que llevaba por dentro y le dijo: "te vine a comer".

Ella, con una expresión que podía significar cualquier cosa, pero que más que todo parecía un desafío le dijo: "¡ay que susto!" Y se disponía marcharse a su habitación dejándolo plantada en la sala, como a un clavo de cinco. A medida que se alejaba él pudo ver solturas des su desnudez debajo de la pequeña prenda de vestir y eso terminó aniquilando la poca cordura que le podía quedar. Cerró la puerta a su espalda, y la siguió por el pasillo repitiendo como un rufián: "¡te voy a comer, te voy a comer!" La abrazó por la espalda, le dio una vuelta giratoria y la atestó contra la pared. Como no encontró el menor resquicio de resistencia, en un santiamén la dejó tan desnuda con el viento. Ella abrió las piernas para recibirlo y él sin dificultad encontró el centro de su gravedad y la levantó en vilo. Continuaba repitiéndole, como un loco, "¡te voy a comer, te voy a comer, carajo!". Tuvo un fogonazo de lucidez y comprendió que todo cuanto pudiera lograr ocurriría a través de la abertura de su bragueta. La llevó en volandas, enganchada por los aires hasta la cama. Se sacó la camisa de un tirón, y estaba tan atribulado que trató de quitarse el pantalón sin antes removerse los zapatos. Ante tal perturbación, Beatriz se bajó de la cama, le soltó el nudo de los cordones de los zapatos, le quitó las medias, le sacó el pantalón y los calzoncillos y volvió a acomodarse en la cama. El continuaba diciéndole al oído "¡te voy a comer, te voy a comer!" En el instante de desesperación, cuando Beatriz estaba llegando al final, sintió que comenzaba a caer por un precipicio, y que a medida que descendía se estaba quedando a oscuras, aun así, encontró fuerzas para agarrarlo por el cuello y decirle:

"Bellaco del diablo, ¿hasta cuándo vas a repetir que me vas, y que me vas a comer, si hace ya rato que estás haciendo lo que quieres? Dime, ¿hasta cuándo, hasta cuándo?"

El comprendió que también se estaba acercando cada vez más a su propio abismo, y que también se estaba quedando ciego; ya al borde del vacío tuvo tiempo para aferrarse a su cintura y contestarle:

"hasta que el cuerpo aguante, mamacita".

Fin.

Los personajes de Cesar Ramirez, Daniel Cruz y Luis Monteros, fueron creados a imagen y semejanzas de seres verídicos. Ellos son mis amigos de verdad. Con ellos he pasado muchas horas placenteras, y espero pasar muchas más.

Armando Fernández Vargas.
Enero, 2012